白 日 梦

爱你这回事，时间都记得

牧耷◎著

北京时代华文书局

图书在版编目（CIP）数据

爱你这回事，时间都记得 / 牧鸯著. -- 北京 : 北京时代华文书局，2017.10
ISBN 978-7-5699-1815-1

Ⅰ. ①爱… Ⅱ. ①牧… Ⅲ. ①故事－作品集－中国－当代 Ⅳ. ① I247.81

中国版本图书馆 CIP 数据核字 (2017) 第 231985 号

爱你这回事，时间都记得

Aini Zhehuishi Shijian Dou Jide

著　　者 | 牧　鸯

出 版 人 | 王训海
选题策划 | 石乃月
责任编辑 | 曾　丽　石乃月
装帧设计 | 蔡小波　王艾迪
责任印制 | 刘　银　范玉洁

出版发行 | 北京时代华文书局 http://www.bjsdsj.com.cn
北京市东城区安定门外大街 136 号皇城国际大厦 A 座 8 楼
邮编：100011　电话：010-64267955　64267677
印　　刷 | 北京京都六环印刷厂　010-89591957
（如发现印装质量问题，请与印刷厂联系调换）
开　　本 | 880mm×1230mm　1/32　印　　张 | 8　字　　数 | 193 千字
版　　次 | 2018 年 1 月第 1 版　印　　次 | 2018 年 1 月第 1 次印刷
书　　号 | ISBN 978-7-5699-1815-1
定　　价 | 39. 80 元

序　斯人若彩虹

张小砚　畅销书作家，酿酒师

七年前，我在乡间酿酒，在网络上发出一封约酒信，以酒换故事。

六年后，有位女子应约，前来山中饮酒。

正是出新酒的日子，人很多，酒是欢庆之物，酒坊内外皆是笑语喧声。我坐灶前蒸酒，见一女子隔人群望我，眼睛干净澄澈。眼神对视，她冲我招招手，说："北京的牧耷。"我指指身边："过来坐。"随手沽盏热酒递给她。

傍晚收工，喝酒的人群三三两两散去，隔溪流跟我挥手。收拾完家什，抱坛热酒去桥上。这次是我在人群中望她，眼神对视，一笑，她便会意，过来坐下。一只竹筒杯，在我们手中流转。慢慢地，桥上酒徒越坐越多，酒筒默契地传递着。

最爱夕阳如醉的山中暮色，这也是一天劳作后最放松的时刻。夕阳在落山前的一刻，溪水像燃起一把大火，山林被最为辉煌的金色笼罩，随即潜为夜幕，寒气慢慢上升。

“啊，太阳下去了。”

“没关系，月亮一会儿就上来了，再坚持一会儿。”

搭话的正是牧鸯，好个聪敏女子。

今年春，牧鸯来山中做酒坊工，白天跟我学酿酒，夜晚写作。日子过得缓慢安静。她写，我看。年轻女孩子总喜欢写情，读来惆怅万千，如同一本现代都市男女的“罗曼蒂克消亡史”，于人海遇见，相爱又离别，复归人海茫茫。那些早已远离的城市和人事，伴着溪流如雨之声，在这山中夜晚寂静上演，仿佛看到牧鸯来时的漫漫之路，那些路走成了一本书。

读这些故事，和我日日所见的牧鸯，似有不同，平常相处，并不多感；但心思敏捷，行事利落，却又很相合。虽然相处也久，但我们从来不聊以前在山外的生活。偶尔坐廊下歇息，也只说做事，比如柴垛要怎样垒才好抽取又不容易垮塌。教她劈柴，她总也劈不准，遂教她劈时大喊口诀：“我要帅哥！”她依嘱照做，竟一斧劈开，干净利索，自己也不禁笑倒。

有时，两人在廊下收拾酒蒸，一人冲水，一人洗刷，虽有言语，但又极静。忽而一阵风来，白云过了山岗，两人就这样望着山，时光仿佛过了千万年。

山中桃花开过了，又谢落，结了青桃累累，已是初夏的节令。昨夜山中停电，坐在廊下喝酒。牧鸯说起新书书稿已完成，邀我为新书写序。

邀一个乡村酿酒师傅为新书作序，既不能在文学上为作品提升，又不能于市场增加书的销量。新作者出书，惯例是请文坛大佬、前辈提携作序，沾点光提升身价，于是我跟牧鸯商量，我倒是知道那么几个喜欢给人作序的，尤其愿意给年轻漂亮的女作者写，我愿意拿酒去给你换篇序来。

她说，多年以前，看到你的约酒信，多年以后，我带故事来喝你的酒。你看了我的故事，为它写篇序，这样相和着，又是一个故事。我们把这故事卖给别人，换钱买米再酿酒，那样，故事就和人世一样迢递不断了。

她仰面微微笑着，烛光映照在她脸上，柔和恬静。身后青山隐入无边的夜色，唯见萤火虫提灯相照，巡游山林之间。

写作，发表，既像投入茫茫大海的漂流瓶，也像是黑夜中萤火虫的微光，在寻找另一束光。不知将被何人看见的微光，从牧鸯心里发出去。如果有缘看见，愿你也回映她。

张小强

于桃花源

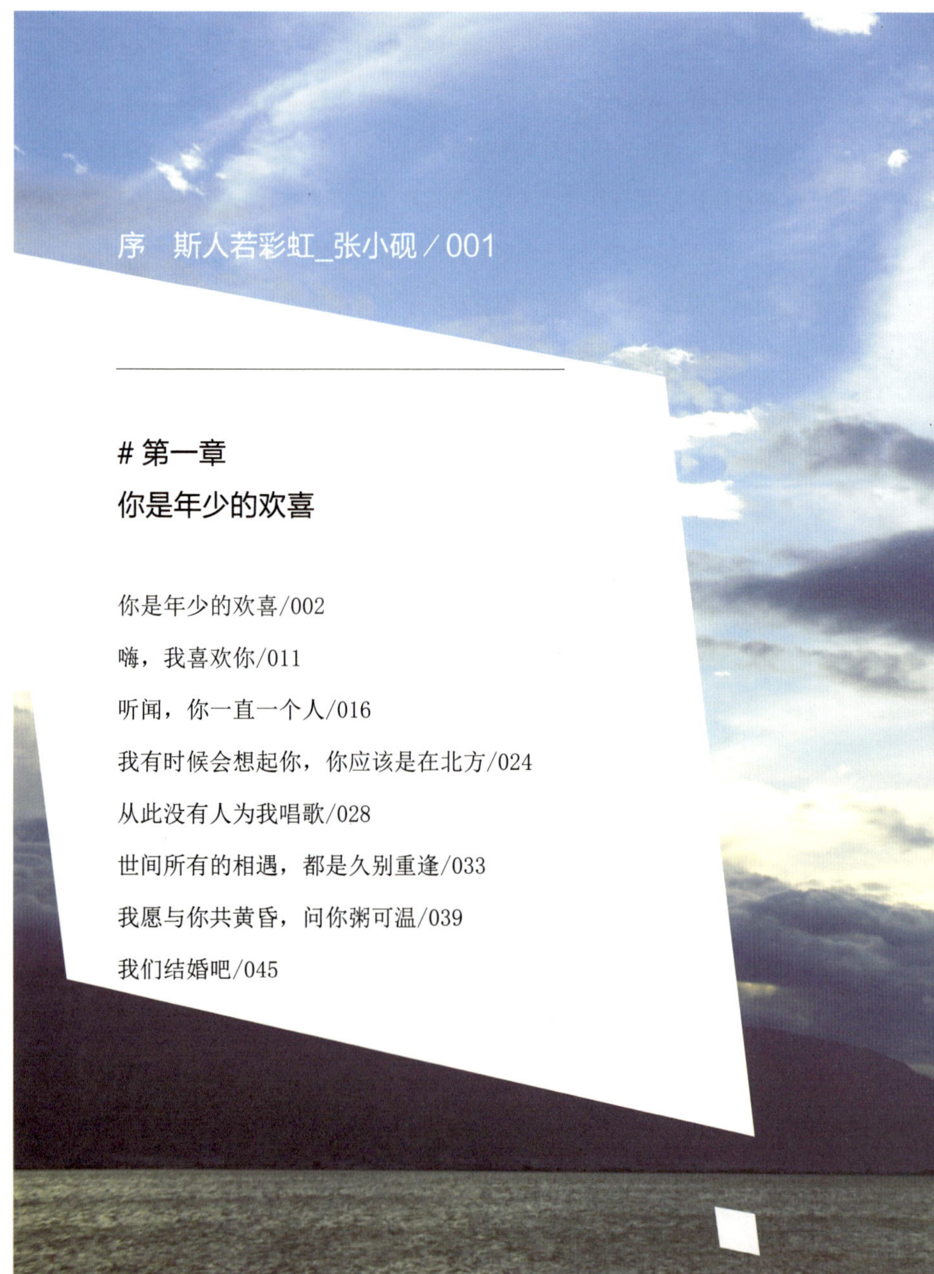

第一章 你是年少的欢喜

#第二章
树在山上开花，酒在树下沉睡

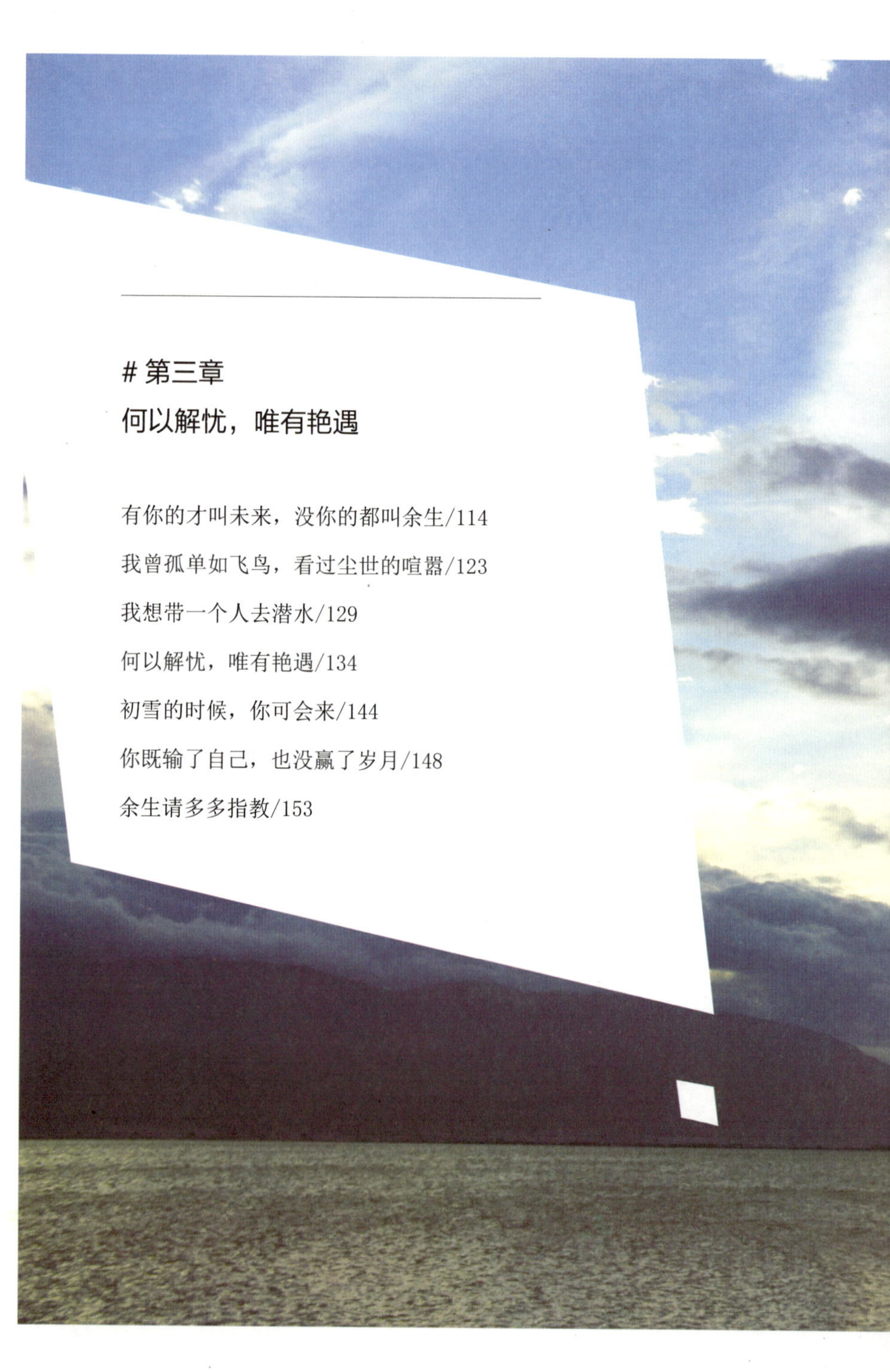

第三章

何以解忧，唯有艳遇

第四章

那你们还在一起吗

爱你这回事，时间都记得

#第一章

你是年少的欢喜

你是年少的欢喜

二

“你什么时候去的埃及西奈山？”

“没有认识你之前。”

“我一直想去徒步一条路。”

“要约我去？”

“哈哈哈，行啊，要不要先了解一下这段路？”

“哪条？”

“圣地亚哥朝圣之路，横穿西班牙，走到头还有‘世界的尽头’。”

这是颜王加我为微信好友十个月之后，与我的对话。我们在讨论《出埃及记》这首钢琴曲，他循环播放，听了一夜。而我，2015年秋天登埃及西奈山，一路上也循环听着《出埃及记》。那夜月光清冷孤绝，我随着朝圣的人群，向山顶攀登。到达山顶，朝阳映红每个人的脸，我遥望以色列。很久以前，在埃及的犹太人因长期受到奴役和迫害而远走，命运未知，茫茫大漠，悲壮苍凉。音乐气势磅礴，震撼人心。

我讲得极其投入，饱含深情，颜王突然来一句："可以，可以。"

我不满地回复道："太敷衍了！"

他委屈道："我心里苦啊。"

我关切地问："怎么呢？"

"昨天橘子吃多了，嘴唇上火，今天还要监考，超丢人。"

"在学生面前没形象了。"

"昨晚本来都消下去一些，我相信了百度上的那些人，用牙膏涂了，结果今天起来更严重了。"

"哈哈哈，梁朝伟的香肠嘴也很性感，相信你也不差。"

"你……"

"像你这样博学多才的大艺术家，怎么能信百度？信邪也不能信百度。"

"……"

颜王自诩是一位青年艺术家，看他的朋友圈，我一度以为他是一个小老头，后来才知道他还在读研。

我在国家画院上班，做公共艺术，兼规划院和建筑院的推广工作。一个人管理几个平台，平时还需要联系艺术家、采访等，忙不过来。王老师让我招两个兼职，做我的左膀右臂，共同打理公共艺术平台。

我在朋友圈发布了招聘信息，颜王这个时候找我聊天，他并没有刻意推荐自己，只说他读研的专业是公共艺术，听到这个信息，我眼前一亮。

我将运营公共艺术的难处向他和盘托出，他沉静地听完后，说了一句："放心，有我。"

不知道为何，当时内心触动了一下，对他好感倍增。他身上有一种沉着的张力，还天生自带亲和力。同时拥有这两种气质的男生，很少见。那段时间，我们交谈了很多公共艺术的相关话题，十分投机又融洽，我对他的了解又更深一步。

"以前招了几个人，都不怎么适合，要么工作不认真，要么不懂什么是公共艺术，所以辞退了。"我这样对颜王说道。

"一切都是巧合。我的专业刚好是公共艺术，又做过微信公众号，两者兼备的人才不常有，但我就是。"

每次看到他自信满满的样子，我有种说不出来的宠溺。我在想，到底是怎样一个男生才会如此可爱？

我认为，说一个男生可爱，是对一个男生的最高评价，超过有颜值、有才华、有趣幽默。

我笑说，不知道前世的多少次回眸，才有今生的一次遇见。

颜王回复，难怪说，每一次相遇都是久别重逢。

岁末，我从陶瓷馆出来，和师父去一家小酒馆饮酒。出门时，天空飘着雪。颜王正好写完一篇文章发给我看，关于公共艺术的。我没有和他讨论公共艺术，只给他回了一条信息：从酒馆出来，下雪了。

他回复：我们这里不是很冷，期待下雪，想去北京。

颜王是一个心思极其细腻的人，他喜欢诗歌和艺术，时而严肃，时而冷幽默。严肃时，常批判一些社会乱象，对周遭环境、当代艺术时刻关注；幽默时，会自我调侃："曾梦想仗剑走天涯，因太胖取消计划。”

他有独立思考的能力，对事物有独特的见解。这些，应该融进他的血液里了。如今有理想、有大抱负的青年已经不多见了。

他说过，如果你因为他人而改变自己，特别遗憾，有诗歌、有朗诵的年代，随风合唱中隐晦了的抒情需要另外聆听。

瞧，多么浪漫、多么有情怀、多么有理想的一个青年艺术家。

每次，在他自信满满的时候，我都忍不住想抚着他的脸说，如果有一天，你在三万米高空爆炸成烟花，我也相信。

他写了一篇艺术类的文章给我看，开头一段比较专业又有深度，他特别对我说：“我名字前面的一段是我写的。是我硕士论文里的一段，我直接拿来用的。”

我回复道：“我知道。”

他惊讶地说：“你居然知道？我以为你会以为我是复制的。”

像他这样敏感的人，还好做了艺术家。

聊起陶瓷，我们异口同声地说：“我也会做。”

他又惊讶得像个小孩，说道：“默契。”

元旦的早晨，颜王发来一条信息：你朋友圈发的内容，你和他，咋回事，的确在一起了？

我回了一个“是”，颜王没有再说话。我不知道他在想什么，那一刻，我有些失落。

以前读王小波的《爱你就像爱生命》，有段类似心境的话：

“我真的不知怎么才能和你亲近起来，你好像一个可望而不可即的目标，我捉摸不透，追也追不上，就坐下哭了起来。”

正月初一，我祝颜王新年快乐，随即谈了几个话题，因交谈投机而忘记时间。我身边的人有些醋意，要看我和颜王的聊天记录，我拒绝了。我知道，我们的感情只能走到这里了。

情人节，我问颜王：“我们什么时候去走法国之路？”

他有些犹豫：“你和他先去，我明年再陪你去。”

我认真说道：“我们分手了。”其实，我想说的是，我只想和你去，终究没说出口。

颜王回道：“感情真的蛮难的。”

我调侃道：“在感情这所学校里，我们都没有毕业。不过，你很可爱。”

他无奈道：“那也没用。现在的姑娘不喜欢耿直、才华、可爱啥的。她们喜欢自己，喜欢物质。”

我淡淡地说：“爱情与这些东西背道而驰。”

他叹了一口气，自暴自弃地说道：“感情的事太难，我可能一直单身了。”

我沉默良久，没有接话。

平常，颜王看到一些好文章和项目，如与我的喜好相关，他会分享给我；我也将遇见的好山好水，及一切美好的事物与他分享。我与他之间，形成了一种不可言说的默契。

因此，他偶尔会感慨，为何与其他人会出现很大的分歧。

我回复，如果世上的人都一个样子，也会失去很多乐趣。有些人愚蠢，但并不需要我们拯救。他们之所以不理解你，是因为你们看到的世界不一样，你们不是一个层次的人。

夜深人静时，我内心冒出一个声音：你是从什么时候开始喜欢他的？

“大概是我望着天空看到一朵奇怪的云，我的第一反应竟是拍下来给他看，那时候我就知道大事不好了。”

春分，我坐在电脑前整理资料，发现有一个文件夹命名为“颜王”。打开，里面有一个文档，是颜王的简历。或许之前过于忙碌，忽略了这份资料。

颜王的简历上面，有这样一段话：

大学期间画过几次组合圆珠笔画，网络点击量过百万，《光明日报》《扬子晚报》等报纸整版报道，凤凰卫视《凤凰资讯榜》新闻报道。

我有些印象，四五年前，我在无锡住过一段时间，见过一位姓颜的男生，是在手绘地图的活动上，知道他用圆珠笔画过一组《让开学飞》《变态33大》的漫画，在网上非常火，几大网站的首页新闻都是这几组漫画的报道。

原来颜王就是他，以前我们见过，一切都好巧，世界也太小。

五年前的春天，颜王接受一家媒体的采访，坐在摄像机前，圆圆的脸蛋，皮肤白皙，头发微鬈，青葱稚嫩，真的很可爱。面对镜头，他有点不自然，说话时，头习惯往一旁偏，眼神有些飘忽不定。但一旦握住画笔，画画的那股认真劲儿，恐怕将全世界都忘得一干二净。他认真的模样，很迷人。

春分过后，我对他说：“以前，我们见过面，你还记得吗？”

颜王不相信，不断追问我：“在哪里见过？”

那一刻，他像极了一个还未长大的小男孩，只想快点找到藏好的小汽车。他着急想知道答案，我却故意制造悬念。

“谁让你平日回我的信息那么慢。”

“不能怪我，我的确在忙，看到信息都是第一时间回复。我把手机号码告诉你，我没回微信的时候，给我发一条短信，好不好？”

有人说颜王像牡蛎一样，神秘、自给自足，而且孤独。我却觉得，颜王就是一个温柔的浪漫主义诗人。

“我会把你的故事写在我的新书里，等着我的新书上市吧。”

“现在的人啊，营销手法越来越花式了。”

我被这句话逗乐：颜王越来越可爱。他一定在手机屏幕那端，着急得跳脚，却又得不到答案。

三月底，我在一个群里看到颜王说他有喜欢的女生，然后又说，因为她太漂亮，他不敢表达。晚上，我喝了些酒，私下问他，是什么样的女孩？

他半天没有回话，我想，自己被无视了，也有些生气——见色忘义，有了喜欢的女生都不理人了，便失魂落魄地说了一句：“不说算了。”

他半天才憋出几个词：漂亮，懂事，人很好。

这算什么回复，我用脚指头想也知道这是基本要素。那天晚上，我躺在床上辗转反侧，脑海里全都是在无锡见到颜王时的画面。

想起他的模样，蓬松微鬈的头发，圆圆的脸蛋，戴着手串，说手绘地图的用途……还有他站在颁奖台上，发表获奖感言，每个神态，迷人到极致。恰同学少年，意气风发。

我住山里，半夜里，雨落在青瓦上，又听*Nocturne*，顿时伤感起来，然后写了一段酸溜溜的话，其中一句是：生活里没有那么多戏，一定要坦诚相待。

四月的一天，颜王写了一首诗，问我要不要看。

我说，要。

他发给我，名为《地壳运动挤压出的春天》：

拉市海是片新荒坝
与印象中的荒芜不一样
中生代的地壳运动挤压出了这片陆地
在能将人晒伤的日光下挤压
既苦难也神奇
印象中的荒原怎么会有能搁浅的滩
怎能有寸步不离跟着母亲的小白马
怎能有站成排等待合影的人类
那些烈日下一动一不动的马儿
才是这片土地的寄生宿主
年年春天会冒新芽
年复一年冬候鸟如约而至
而马蹄的行板越来越慵懒
向生命的刻意皱眉
向永在流逝的事物致歉
你见过从未改变的某一刻吗
绝无

写得这么好，他谦虚地说不好意思发到朋友圈，我鼓励他说："发吧，发吧。让大家看看颜王才华横溢、意气风发的样子。"

当天，我展开宣纸，提笔写下这首诗，准备好好收藏。同时，我还朗诵了这首诗，将朗诵的音频发给颜王。我不知道为什么要做这些，但我清楚知道，我做这些的时候很快乐。

盛夏的一个夜晚，颜王给我打了一个电话，无论他讲什么，我的眉眼都带笑。我和他讲爬在木窗上的壁虎，我还抓了几只，装在玻璃瓶里；讲我书桌上的栀子花又新开了一朵，在台灯下，很温柔。他在那边，安安静静听我絮叨。突然安静下来，还有些慌张，或许是不知如何安放这份心情。

我问他：“你怎么不讲话了？”

他淡淡地说：“不一定要讲什么，静默是很美的。”

他没有挂电话，我也是，两个人握着手机，隔着屏幕，听话筒里时不时传来“嘶嘶嘶”的电流声，以及他在那边工作的声音。

那一刻，月光透过窗，安静下来，心很平静，至少他还在。他讲过，他要找一个废弃的工厂，改造成一个工作室，给我留一间房，请我去玩。每当我想起这些，山里的岁月更长了，如小年。

我的期待，因为有他的照耀，升起一圈淡淡的光轮。

这个会温柔安葬鸟儿，戏谑着要去大理见段正淳，要去徒步朝圣之路，想去“世界尽头”的大男生，终将被世界温柔相待。

这个春天，我将颜王写进我的书里，给他一封最好的情书：

你是年少的欢喜。

——请倒过来念。

嗨，我喜欢你

小木哥是我多年的江湖朋友，我们的关系属于“懂你于微时，相交于少年”那种。我们曾结伴把最美好的回忆留在了秦晋的黄土高原上。

小木哥是一只常年游走在京沪线上的游魂，喜欢陌生的城市和无法预测的明天，对于一切未知的世界充满好奇，且有着浓厚兴趣。他就像一只没有脚的鸟，不停地飞啊，飞啊，飞。

别人都说他漂泊无依，孤独一生；我却觉得他在自己的年岁里，岁月静好，无须再用文字渲染。

他去过太多城市，甚至忘记为什么出发。

他去过南京，那里也是他待过最长时间的城市，一度以为是故乡；去过《雷雨》里写过的“无锡是一个好地方”；去过镇江，一个产醋的地方，至今回味起来还酸酸的；去过富得冒油的江阴；去过扬州，不是“烟花三月下扬州”的时节去的，也没见过琼花；去过扬中，没吃河豚；去过苏州，睡过枫桥；去过张家港，雨后的张家港是天然氧吧；去过泰州，摆了渡，那一刻，他不知道是谁的摆渡人。

去过南通的如皋，长寿之乡；去过乌镇，一次在白天，一次在黑夜；去过宁波，一个人的沙滩海港；去过诸暨，雨落在他的眼里；去过杭州，没有找到断桥，望着远处的雷峰塔发问：“你是雷峰塔，那镇江的金山寺的塔又是什么塔？”

去过日照，第一次下海还看了日出；去过济南，从趵突泉走到大明湖畔，没有遇见夏雨荷；去过武汉，在长江边摘了一束芦苇插在口袋，坐在江滩听轮船鸣笛；去过南昌，提前下公交，跑去滕王阁追日落；去过上海，东方明珠，却无法照耀小木哥的生活。

去过北京，从一个可以自己种菜，也可以露天洗澡的大仓库开始创业；去过天津，走过五大道，吃过狗不理，冬天在结冰的海河上敲洞钓鱼；去过北戴河，海很脏，海边礁石上粘了黑乎乎的石油，不知道是哪次泄露造成的；去过石家庄，终日不见蓝天；去过歙县，只记得毛豆腐了。

只有威海，是他一直想去，却一直没去的地方。

是因为一个人而喜欢上的一座城。

小木哥说，去过很多地方，可没有遇见你，也便只能说我走过很多地方。

有人问他，你若喜欢上一个人，你会怎么做？

他指了指对面的绿色房子：“喏，我要是喜欢一个人，我会在走过的每一个小镇，给她写一张明信片。”

几年过去了，他走累了，在某个沿海小镇居住过一段时间，比起他生活过的众多城市，算是长久的。沿海小镇，有它特殊的味道——雷雨过后的空气里弥漫着臭氧的味道。

他经常去镇上的邮局寄信，不知道有没有人收到。他常说，去寄信，就像一首歌里唱的，“我把对你的思念写在海角上，寄给那年七号的雨季……”甚至，他开始相信，有一些喜欢，总会被埋在泥土的清香里，来年春暖花开，是盛开，还是腐烂，都已经无所谓。

有人说，最害怕突然把一首歌听懂了。

“嗨！我喜欢你！”

有一天，小木哥又去镇上的邮局寄信，有个姑娘站在他面前，郑重其事地说道。

“你了解我吗？”

他犹豫了一下，还是问出这句话。

这样的故事，从一开始，结果已经注定了。小木哥轻笑起来，这样的表白过于轻率，既不负责，也玩世不恭。

她在镇上邮局工作，小木哥与她，几乎没有相交线。唯一的接触，是有一天小木哥去寄信，信封脱胶，开了一个口子，他向她要一瓶胶水，仅此而已。

那天之后，他再去邮局寄信，没有见到她。第二天，小木哥离开了沿海小镇，又开始了下一段人生征途，亦没有停下来。他在社交平台上，继续更新着各地旖旎的风景，不断收获着点赞与各路人马的羡慕嫉妒恨。

只是，他鲜有回复，似乎这个世界，只是他一个人的。但为何要分享？是希望谁看到？说不清。

终于有一天，小木哥停止了更新，一只没有脚的鸟，停了下来。因为，他经历了一场车祸，遇到了一个将他从死神那里拉回来的她。她救小木哥一条命，他还她一世情。梦醒之后，小木哥变得安分起来，从此，他再也没有远行过。

那场车祸，发生在除夕过后。他自驾去新安江，风景美丽，却留下了永远的痛。二月七日晚上八点，杭新景高速上已经下了一会儿雪。在富春江大桥上，他驾驶的车子失去了控制，在桥面上拼命地打旋。

当车子撞停在护栏边，他已经奄奄一息，努力睁开眼，撞开车门，逃出车子的那一刻，是庆幸还是心酸？

庆幸的是还活着，心酸的是找不到救援的人。

当晚，报警电话全线忙音，救援电话全部无法接通。

出发前看过天气预报，也担心过万一抛锚，所以他在后备厢里放了床被子。只是，他已经没有力气爬到后备厢，取出被子。那晚，另外一辆车子经过，从车上走下来一位姑娘，她救了他。第二天，雪已经漫过车轮。他庆幸他遇见了她，她是那天雪夜唯一的温暖。

他醒来后，他看到她，第一句话是：

“嗨，我想了解你。”

他学着在沿海小镇遇见的那位姑娘的语气。

她笑着说：“来日方长。”

小木哥身体康复后，和她一起去了一趟西藏，回来后他们结了婚。去西藏的路上，小木哥每走过一个镇，就写一张明信片：

“嗨，我在西藏，这里的天空很蓝，云很低，可是你在哪里？”

“嗨，我今天遇见一个人，特别像你，可是我清楚地知道，那不是你。”

“嗨，我不知道我是否能说我了解了你。”

“嗨，祝你幸福！”

“嗨，当我了解了你，我还会喜欢你吗？”

“嗨，我喜欢你。”

……

此后，小木哥没有再寄明信片，而沿海小镇的邮局窗台上，堆满了一张张明信片，落款都是小木哥的名字。

原来，一只没有脚的鸟，遇到了她，丢了心，她的一个瞬间，成全了他的永远。他最终和像极了她的姑娘结了婚，从此相濡以沫，和她，相忘于江湖。

这个世界上有两种人，喝黑咖的一种人与不喝黑咖的另一种人。

而女人，有三种，她，像她，不像她。

听闻，你一直一个人

二

1

“米可好像有对象了。他老对我说起这事。”

在酒桌上，凉凉举起酒杯望着我们说道。

我手心攥出汗来，大脑像塞了几个铅球进去，一片空白，一时不知道要怎么接话。那一刻，大家都望着我，形成某种不可言说的默契。

“我没事儿，来，继续喝。”

我低头，强装镇定地说道，但连我自己都不相信。我自顾自地举起酒杯，一口气喝了一大玻璃杯，紧接着又灌下一大玻璃杯。两杯下肚，立即变成关公脸。

凉凉在旁边不停地问我怎么回事，谁也没有接话，每个人都低头吃菜。唯有鸽子是爽快人，说了句：“花花喜欢米可。”

凉凉意识到说了不该说的话，喝了一小杯酒，满脸愧色地向我道歉。我苦笑一声，谁也怪不着。

大家因为我的情绪，都沉闷不语，唯有不停地吃菜，话题也无疾而终。最后，还是鸽子举起酒杯一干到底，大家都跟着喝，谁也不再提米可的事情。

晚上十点多，大家散去。鸽子送我到地铁站，进站时，他凑过来问我："你还好吧？"

我若无其事地说："不好又能怎么样。"

2

我摇摇晃晃地走在回家的路上。漆黑的路，连路灯都没有，四下无人，搁在平时，我是绝不敢那么晚回家，也不敢走那段夜路的。

"酒壮尿人胆"这话一点也没说错，我借着酒劲儿安安稳稳走回了家。在胡同口，我抬头看夜幕中的天空，突然想起一句波斯俗谚：天空越黑暗的时候，越能看到星辰。可是那晚，没有星辰，有的只是无穷无尽的绝望和悲伤。

坐在家门口，我终于放声悲哭。泪一滴滴流下来，透明，无色，谁又能看得见？

黑暗中，我努力拨着米可的手机号，很快手机接通，我听到了米可的声音。

"花花。"

他在电话那端，呼唤我的名字。听到他的声音，我又一次泪腺崩溃。我极力控制住自己的情绪，任凭眼泪无声无息地往下掉，好半天都没有说话。

"花花，是你吗？"

"嗯，是我。我有事问你。"

“你请说。”

“你是不是有女朋友了？”

“你听谁说的？”

“是不是？”

“不是你想的那样。我现在在火车上，回来再和你说。”

“你不方便讲话吗？”

“不是。”

“那，你知道我喜欢你？”

“我……我不知道……”

“我真的好喜欢你。”

说完这句，我匆忙地挂断了电话，感到很沮丧，我为什么不能再勇敢一点呢？

我瘫坐在地上，没有勇气继续讲下去。我害怕听到他委婉的拒绝，更害怕被发“好人卡”。那晚，我躺在床上，辗转反侧，望着窗外黑压压的夜空和云层，犹如我今晚的心情，很丧很丧。

赵雷有首歌，叫《画》，他唱：

为寂寞的夜空画上一个月亮
把我画在那月亮下面歌唱
……
画上有你能用手触到的彩虹
画中有我决定不灭的星空
画上弯曲无尽平坦的小路
尽头的人家梦已入
……

曾有个午夜，我们在浪漫家喝酒吃麻辣串，喝到微醺。饭局散去，米可拉着我走在街上，我踉踉跄跄，还踢着路边的车子轮胎。

那晚，夜空很美，星斗满天。米可还在我的旁边，轻轻扶着我的肩，我们谁都没有说话，也不需要说话。

3

一个月过去了，米可没有来找我。我早该知道他不会来，只是我不明白，既然他不来，为何还要我等？

米可是我的可遇不可求，可遇不可留，可遇不可有。每每想到这儿，总是泪流成河。在等待的日子里，我白天靠工作打发时间，夜里，只能独坐窗前，一杯又一杯喝着黄酒——纵然它无法撑到天亮，但能撑多久是多久，一直喝到想睡觉，睡着了也就什么都没了。

冬季快过完了，我除了工作还是工作。这段时间，我没有见任何一个朋友。圣诞节前夜，我去了米可的办公楼下，望着眼前的高楼大厦，坚固又冰冷，如十二月的风，凉到骨髓。还好，那一层层的灯光未灭，给人温暖。我知道米可在里面，却不敢找他，也不敢面对他，只能悄悄观望。

圣诞节过去了，米可依旧没有联系我。

或许，他真的不喜欢我。我这样想。

元旦过后，我想换个环境，便辞去工作，南下去了深圳。出发前，约凉凉见面。我们见面那天，她笑容满面，灿烂无比。凉凉有一个很疼她的男朋友，这已足够，其他都是虚妄。

我和凉凉去了后海，散步到很晚才回。我们在一个路口分手，过马路时，凉凉突然对我说：

"花花，忘了他吧。"

我愣了一下，喊了一句："什么？"

凉凉神秘一笑，便消失在街头，留我一个人愣在原地。我的脆弱被她看穿了，我不愿意让别人看到自己哭泣，我曾经是多么骄傲的一朵花，只因为他，却低到了尘埃里。

4

三年过去了，我和米可没有再见面，也没再联系。我在深圳那座沿海城市，过着岁月安稳、衣襟带花的日子。我依然会向北方张望，想着他会不会来找我？

后来，我在微博上找到米可的账号，悄悄关注。不过，他不常更新，一个月一次。我渐渐也形成习惯，一个月去看一次。

他写了很多内容，关于别离、城市、风景、生活、工作，就是没有关于爱情的。他永远是那种波澜不惊的语调，偶尔还会有点王家卫的味道。

每次看到他写读过的书、看过的电影、听过的音乐，我会跟着读，跟着看，跟着听。你以为我早已散场，其实我在你不远的地方。

我也开始写微博，写的都是米可的事。我写：

多年过去了，我想说一个故事给你听，但听故事的人早已散场。如今，蜷缩在椅子上，看着窗户外，碧空如洗，云一团一团像棉花一样柔软。我伸出手，想抓几朵云下来枕着睡。

下午望着窗外，心思如云纹水迹一般，有冥想又有梦境的芜杂。一直盯着窗外，我仿佛看到千里之外的世界。突然地，就想起了那年一个倔强的小姑娘和一个长身玉立的男生站在窗台前看残雪的情景。

把时间忘了，把孤独忘了，从睡梦中醒来，读书，写信，在门前徘徊。偌大的城市，日子绵延无期。忽然觉得，有很多路没走，很多人没去见，很多故事至今没有人听，还有很多爱无从给起。

又是一个月，我又悄悄去米可的微博看他的最新内容，他写道：

深圳，也很冷。

就那么一下子，我的心慌乱了。世人真傻，常常会无端想起一个人，他曾让你对明天有所期许，却完全没有出现在你的明天里。

我鼓足勇气，向鸽子打听米可的近况。鸽子把米可的联系方式发给我。那晚，我编辑了一条信息发过去：

听说，你来深圳了。

没有寒暄，而是直言不讳。我以为这条信息会石沉大海，没想到是秒回：

你是花花吗？

原来他知道是我，我还在犹豫回什么内容，他又发来一条信息：

很久没有见你了。

想见吗？

想。

明天下午两点，海岸城，不见不散。

5

第二天下午，我准时到达海岸城，远远地看到一个穿白衬衫的男生站在阳光下，我一眼就认出是米可。他一点也没有变，谦谦君子温润如玉。我走过去，他看到我，笑起来，我也跟着傻笑，两人站在阳光下足足傻笑了一分钟。

米可，还是我一喊就心颤的名字。这几年，我独自迎接过阴风、海啸、惊雷、山鬼，对一切都不屑，自诩再无羁绊，想一个人快活到底，图个潇洒肆意。唯独没有料到，他一入眼，我便乱了阵脚。

我们找了一个咖啡馆坐下来，他点了一杯咖啡，我点了一杯奶茶。两人相望无言，良久，他才说："听闻，这些年，你一直一个人？"

我诧异地看着他，他说："鸽子告诉我的。"

我淡定地问他："你什么情况啊？人生大事解决了吗？"

他笑说："我结婚了。"

我这才瞥了一眼他无名指上的戒指，不动声色地心头一紧。我们在咖啡馆坐到华灯初上才离开，他提议要送我回家，被我拒绝了，反而是我送他上地铁。

我害怕想起以前的事，往事重现最心酸。以前，我去知春路找他，回家时，他都送我上车，上车后，我从车窗往后看，他还站在原地，望着远去的公交车。有次搭地铁，他一直送我到站内，我刷票进站了，他还站在拐角处，没有走。只是，这种温柔不再属于我了。

我一个人去了红树林，沿着海岸长廊漫步，长廊上人声鼎沸，海水轻拍礁石。突然，眼泪就掉了下来。

这时，手机振动了一下，收到一条信息，打开来看，是米可。信息很长，分几条发送的。

我曾喜欢一个女孩，可惜，她后来离开了。她曾向我表明心意，我正好在火车上。我爸爸生了重病，我回去探望，竟收到她的表白，当时悲喜交加，我在火车上告诉她，回北京后去找她。没想到，到达北京的第二天，我爸病情突然恶化，我又立即回了厦门。后来，我一直在厦门，陪着我爸，走完他人生的最后几个月。

当我再次回到北京，她已经离开了。凉凉告诉我，她是因为找到一个好的归宿才离开的。家里发生变故，父亲的离开，令母亲一夜白头，她催促我早日成家立业，想看到我安稳。那段时间，凉凉一直陪在我身边，原来她和男友早已分手，所以我们在一起了。她现在是我的妻，孩子的妈。

这段时间我常想起你，想你想得厉害，知道你在深圳，想来看看你。如今见到你，我们不说话，也觉得十分美好。

明天，我就要回北京了。愿你幸福。

我看着米可发来的消息，手脚冰凉，内心酸楚。有缘无分最悲伤，是我们被命运捉弄，还是经不起时间考验？或许，我们都太注重自己的感受，而忽略了对方的处境。一个转身，我们错过了。原以为只是错过一个人，转身后便是一辈子。

这几年，我不曾忘记他，他在我的记忆里，鲜活地陪我成长。每个人的生命中都有一个刺青的爱人，大火不能烧毁，众水不能淹没。

时间这样短，而天涯已那般长。有些情，一旦过眼，便是云烟。今晚，是我最后一次想你。

我有时候会想起你，你应该是在北方

二

1

“我看见你上了车，你应该是去了苏州，从苏州再坐火车往北走。我有时候会想起你，你应该是在北方。”

《罗曼蒂克消亡史》里的这句台词，我一直念念不忘。我想到几年前，在深圳海岸城遇见离尘，有点意外，站在人潮中，我便说了一句类似的话：“你应该是在北京。”

电影中，上海大亨陆先生，与一个没有灵魂，只有肉身还活着的交际花小六暧昧不清，多年后甚至还说出“我有时候会想起你”，想她在北方，这种思念，细细密密，既是克制，又绵延不绝。

或许，一个杀伐决断的黑社会大亨，依然有他的罗曼蒂克。面对小六，这个曾经与他有暧昧的美艳女子，他心底终究还是牵挂的，却未曾想此生还能再见。

很有意思的是，陆先生有个五姨太，十分仰慕他，但他不相信小五对他的感情是真的。小五说：“我不会生你的气。你放心，不管你做什么，我都绝不会生你的气。”这样一个一心一意崇拜他的女子，他视而不见。

直至他流亡香港，要杀老二复仇，打电话给小五，半句多余的话也没有，小五在黑夜里问：“你还好吗？”那边立即挂断了。小五回到床边，望着窗外，陷入沉思。她对陆先生的思念都在那句问候里，只不过是，痴心有点错付，陆先生并没有太把她当回事。

小五主动去火车站，准备暗杀老二，他才相信小五对他的感情是真的，他后悔当年没有相信她。

他不相信一个有血有肉的女子对他的感情，却与一个没有灵魂的交际花暧昧不清。只能说，他的温存，他的罗曼蒂克，如同他后来一直拖延到1949年5月才去香港一样，没有人知道他在想什么，拖延什么，等待什么，或许连他自己都不知道。

喜欢一个人，也没有什么特别，仅仅是在人群中多看了你一眼，不早不晚，就那么喜欢上了。或许连我们自己都不知道，为什么会喜欢对方。

“没有人知道他在拖什么或等待什么，我想他自己也未必知道，不过是下意识地拖延。”读到这句，莫名心酸。他死在香港，死前基本没说什么话，或许一切都不值得一提，他终于走向沉默。

他在上海叱咤风云的日子一去不复返，他的爱恨情仇，也都随着沉默、逝去而消亡。而他思念的那个人，或许去了北方？

2

说起思念，不禁想起外婆去世前，深宅的墙根下，有几个大缸，种满了菖蒲。外婆走后，即便无人打理，菖蒲还是生命力旺盛，一年又一年，缸缸都茂盛。每年端午，外公都要选取一些菖蒲悬挂在门前或窗户上，祛避邪疫。

我上大学后，有年端午回老家，去探望外公，窗前悬挂着菖蒲，外公坐在院子里，独自唱着戏曲。他望着墙根下生长茂盛的菖蒲，簌簌落泪。

如今，外公唱戏已无人听，那个最懂他的人已离去。那种感受是，我常会想到你，就像你从未离去，只可惜，我还是失去了你。

我知道，外公很想念外婆。尽管没有人听他唱戏了，他还是一曲一曲重复唱着，因为他的曲子里，有对外婆的思念。

3

关于思念，总逃不过这句："以后，隔海相望倒也近了。"

大白漫不经心地说着，最后看破，道出一句："不去不来心头有愿月已圆。"话语轻轻浅浅，醉醺醺的句子，像是给思念灌醉了酒，何以解忧，唯有杜康。

有年三月，我南下回乡，并没有与人说起。在车上，看着初开的艳艳桃花发愣，突然收到大白发来的一条信息：我在你的楼下，玉兰花开了。

我心头一紧，心绪跌宕，想了很久，回了一句：我已经南下，回乡探亲。

没多久收到回信：我以为你在北京。

读完信息，心里平平，没有什么感触，只觉遗憾，错过了一次见面机会。

当我看完《罗曼蒂克消亡史》之后，陆先生那句"我看见你上了车，你应该是去了苏州，从苏州再坐火车往北走。我有时候会想起你，你应该在北方”，现在才懂得包含了多少克制和情深意切。

后来，大白在日记里写道：“玉兰又有一名，唤作望春。玉兰抬眼在望，孤执地望，无言地望，望着望着，成了思念。我就是想你，想去见你，以为你在北方。没想到，这样的转折，早已改写了结局。”

是啊，你应该在北方。就如多年前，我在深圳遇见离尘，我想他应该在北方，却意外在南方相遇。淡淡思念，化作一声叹息。

4

《东邪西毒》里，盲武士在完全看不见之前，回家乡看桃花，他念叨着，回去晚了，桃花就要谢了。他的家乡并没有桃花，只有一个叫作桃花的人。

黄药师年年惊蛰西行，找欧阳锋喝酒，只是为了再去白驼山，给另一个人带去他的消息，以此借口，见她一面。她死在深秋，托黄药师带一坛醉生梦死给欧阳锋，说喝了会忘记一切。

我苦笑一声，这世间是没有一种酒会叫人忘记前尘的，只是错失了彼此，不如就此忘了吧。一生荣辱与共，还不如像陆先生一样，最后沉默地离开这个世界。

有些话，无法平铺直叙地跟人说出口。有些思念，也只对于自己而言，才格外执着、别具意义。

有些人，有些地方，一旦离开，就回不去了。一场终了的声色犬马，繁华零落的命运无常。多年后，若我会再见你，第一句会说什么？

“我有时候会想起你，你应该是在北方。”

从此没有人为我唱歌

无意间在豆瓣上看到一个话题，“你最爱的一首歌”，突然我想起了他，他唱的那首《富士山下》。如果说人生是一个歌单，我们最爱的那首歌一定对应一个重要的阶段。

1

雪爪在群里说起陈奕迅的歌，他说他曾经单曲循环《富士山下》，最后被室友群殴一顿。

我冒出来，激动地和他握手，说了句：“我也是啊！”

有些歌的前奏一直不忍听，《富士山下》就是其中之一，每次听到前奏的旋律响起来，心肺都要揪起来了。这首歌于我而言，有特别的意义。

上大学的时候，班里有个男生高高的，皮肤白皙，白得没有血色，像一张白纸，让人不忍触碰，好像一碰就会破。

他有心脏病，原本军训这样的项目，他只要向学校提供医院证明，是不需要参加的。但他却“拌蛮”（湖南方言，执拗）得紧，不说身体有问题，还直接参加军训了。

说来也神奇，军训那半个月，他安然度过了，没有发病。

有次训练时，我因为侧头看班上的帅哥，没有注意到教官点名，被教官以破坏纪律为由罚站。训练结束时，教官安排了一个玩游戏的小环节，为的是增加同学之间的凝聚力。我被罚，又死不认错，自然没有参与游戏的资格，因为要继续罚站。

游戏互动进入高潮时，他出错了，出错就要表演节目。

他选择唱歌，又对教官说，需要一个搭档。教官同意了，并表示，只要找的搭档愿意，他没有意见。

他找的搭档是我，我有点吃惊。当时我身体僵硬，两腿发酸，有点站不住了，他的这一举动，就好像一个盖世英雄骑着白马来解救我。

那一刻，他的形象非常高大。走近我时，他冲我眨着眼睛笑起来，睫毛真的好长。

我轻声说了一句：“我不会唱歌。”

他说：“我唱你听。”

他唱了一首陈奕迅的《人来人往》，他的音色超级适合唱陈奕迅的歌。

我站在一旁，听他唱“闭起双眼你最挂念谁，眼睛张开身边竟是谁”，不由得也跟着他附和起来，有那么一瞬间，心中有一阵莫名触动。

2

军训结束之后，我们熟悉起来。他告诉我他很喜欢陈奕迅的歌，他每天晚上都会给我打电话，在电话那端唱《十年》《黑暗中漫舞》《与我常在》《明年今日》《落花流水》等很老的歌曲。

我记得他唱《黑暗中漫舞》时，正好是我与初恋大吵一架之后，心情差到极致，听完心情更灰暗，像傍晚时分的暮色，苍凉沮丧，没有前途，看不到希望。

后来，他常约我去海边。他在沙滩上来回走，并说："以后我死了，我会把骨灰撒向海里。"

我问："为什么？"

他说："活着扎人堆里，死了还要人挤人？我不想隔着棺材板也能听到吵闹的声音。"

我没接话，只是唱了一句："如果大海能够带走我的哀愁……"

他听后，笑说，唱得差强人意。

然后他便跑到棕树林里的一个露天台子上，点了一首《1874》，深情地唱起来：

"怀疑在某一个国度里的某一年，还未带我到世上那天，存在过一位等我爱的某人，夜夜为我失眠……"

我在台下听歌，感慨道，真的会有那样一个人，在我还未出生时，就已经在等我了吗？命运玄之又玄，缘分又妙不可言，谁又说得清楚呢？

谁等过我，我等过谁，在怀疑中，以为是生错时代。爱意错付，缘分剪不断理还乱。最终，也没等来那样一个人。

3

从海边回去后，他的心脏病越来越严重，大二的时候办理了休学手续。

他走的那天，一起玩得好的同学都去送他，还举办了欢送会。在欢送会上，他唱了许多陈奕迅的歌曲，都是从前在电话里他唱给我听过的。

欢送会要结束的时候，他说："有首歌，我一直未唱过，现在要唱出来，送给那个每天夜里听我唱歌的女孩——一首《富士山下》送给你。

"你喜欢一个人，就像喜欢富士山。你可以看到它，但是不能搬走它。你有什么方法可以移动一座富士山，回答是，你自己走过去。爱情也如此，逛过就已经足够。"

他站在台上，唱得深情又克制。我听后，内心酸楚。《富士山下》是他唱得最为动人的一首歌，只是，从前从未听他唱过。

4

毕业两年后，我听到噩耗，他因为心脏病，永远地离开了这个世界。

在花样的年纪，听到这样的消息，完全承受不了，抑制不住地悲伤。我的心在下雨，如雪花一样纷乱。

他去世之后的第二年，班长寄给我一盘磁带。班长告诉我："这是他生前寄给我的，让我转交于你。"

我找来录音机，将磁带放进去，按下ON键，他的声音随着磁带的转动，好像乘坐着时光机，从从前的日子穿梭而来，回忆一点一滴蔓延开。

只可惜，我们相遇太迟，就算懂得他的心意，我也不能将爱分给他了。

他的声音从音响里悠悠地飘出来，整盘磁带都是他唱的陈奕迅的歌。

听到《富士山下》的时候，眼泪像决堤的江水，滚滚而来，淹没了回忆。这首歌，也成为他的绝唱。

后来，每次去海边，我总会带束花，将花瓣撒在海里。不管他最终选择什么下葬方式，我知道，他一定会感受到我的怀念。

花瓣将我萦绕于心的思念送到海的深处，告诉他，明年今日，我们终究未再见最后一面。

5

“人活到几岁算短，失恋只有更短，归家需要几里路谁能预算，忘掉我跟你恩怨，樱花开了几转，东京之旅一早比一世遥远……”

我一遍遍听他唱这首歌，直到录音机坏掉，再也修不好了，磁带也早已过时，被光碟取代，又被各种音乐APP取代，那盘磁带成了我青春的祭品。

此刻我坐在窗边，借回忆取暖。窗外天色昏沉，一切沉浸在冬日固有的银灰色调里，又因暮晚添了些蓝。雪还没来得及落下来，我已经举杯敬他一杯酒了。

他离开之后，我偏爱《富士山下》，总是在失眠的夜里单曲循环。只是，从此没有人再为我唱歌。

他带着富士山从此沉睡，我还在人世间走我的喜帖街，十年之后，我会对他说句好久不见。

听一个朋友说，想要记起和忘记，只需要一场大雪。人生无常，我们活过的刹那，前后皆是永夜。

愿你在那边安好。

世间所有的相遇，都是久别重逢

吐旦旦巴站长要走了，要回到可可西里大草原，回到唐古拉山的长江源保护站去了。我送他去机场，他和我说，醉氧好多天，终于要回到属于我的草原去了。

我想起那句歌词，然后调侃地唱道：“爱上一匹野马，可我的家里没有草原。”

吐旦站长突然睁大眼睛，问我：“这是什么歌？”

“宋冬野的《董小姐》。”

他立马拿出手机搜索这首歌，我看着他认真的样子，觉得可爱极了，不禁笑出了声。他抬头看了我一眼，然后不咸不淡地说了一句：

“牧小姐，你的笑容还如两年前一样，真明媚。”

我说：“在高原上的那段时间，我很难看吧——皮肤冻裂，变成老树皮；头发干枯，变成草窝子。哪里有明媚的笑容啊。”

他说：“不不不！你在沱沱河冰面上跳舞的倩影，历历在目，笑起来的样子如高原的天气，明媚舒朗。”

听他这样说，我又笑起来，说了一句：“站长，你还是那么讨人喜欢。”

他突然沉默了，许久才说：“我想念你做的菜了——醋熘土豆丝、黄豆炖猪蹄、野山椒牛肉丝，还有你晒的萝卜干。我还能吃得到吗？”

他掰着手指头，如数家珍，每道菜都记得那么清楚。我也伤感起来，便安慰他：“我还会再去保护站的。”

到了机场，我陪他办理登机牌。一切手续办理妥当，他要过安检了，看他站在队伍里排队，我转身准备离开机场。

在我转身的刹那，吐旦站长跑过来，一把抓住我的手，用力抱着我好一会儿，然后轻轻在我耳边说：

“分别两年了，我真的好想你，想我们在草原上的日子。我在保护站等你，等你再来可可西里大草原，带你去骑马，我家有万里无垠的大草原，牛羊马无数哇！”

我站在原地不知所措，这突如其来的表达，含蓄又克制的思念，令我猝不及防。

他过完安检，我仍在机场兜转，一直到他飞机起飞，我才坐上回市区的大巴车。坐在大巴车上，望着窗外的雾霾天，高速路两边的白杨树只剩光杆司令，死气沉沉。

我闭上眼睛，回想起2014年的春天我去保护站的情景。

我记得，刚过完春节，我被绿色江河录用，去长江源保护站做驻站志愿者。我到保护站的那个下午，风像要撕裂大地一样，呼呼地从我耳边刮过，只觉耳朵像被刀子划过一般，生疼生疼的。

我从格尔木搭了一辆顺风皮卡到唐古拉山镇沱沱河长江源保护站。一路上，那个还未与我谋面的吐旦站长，一直发信息问我："到哪里了？"

我也一直不耐烦地回答："天苍苍野茫茫，风吹草低见牛羊，除了草原还是草原，除了雪山还是雪山，除了荒芜的岩石还是岩石，我不知道在哪里啊。"

那边回复过来一串"哈哈哈哈"，就再也没有下文了，我心想就这么不管我了？

傍晚时分，我终于被皮卡车送到唐古拉山镇的一座很有艺术感的红色房子前，司机大哥粗声粗气地说了句："到了，下车！"然后把我的行李从皮卡上扔了下来，一踩油门，上了青藏路，扬长而去。

我站在红色房子前，一条石雕长江龙很有气势，屹立在保护站的空地上，守护着长江源。

这时，西角门"咯吱"开了，从屋里走出来一个人，头戴一顶鸭舌帽，皮肤非常白净，"海拔"也挺高，穿着一套户外衣服，向我走过来，只说了一句"扎西德勒！"然后拎起我的户外背包往屋里走。

啊？就这样？

到了屋里以后，他才说："一直在等你吃饭。"

我们面对面坐下来，完全没有客套，也不需要虚头巴脑的介绍。吃饭时，他说："明早开始，保护站的日常由你管理，包括做饭。对了，你做饭好吃吗？"

我弱弱地说了一句："你吃过就知道了。"

晚上，他帮我铺好床铺，我站在房间一端，看他娴熟地做这些事情，他伟岸的身姿刻印在我的心海，完全打破我对藏族男人的印象。

床铺好之后，他说："被子床单刚洗过。这间屋子是韩大夫住的，现在派给你，是你莫大的荣幸。”

当时我不知道韩大夫是什么厉害的人物，而他又为什么要安排我住韩大夫的房间，但直觉告诉我，志愿者不应该住单间。

在保护站那段时间，工作之余，他会带我去跳“锅庄”。他非常受欢迎，不少藏族女生都喜欢围着他转。他跳“锅庄”简直就是魅力大爆发的时候，在五颜六色的灯光下，他的舞姿是那样的迷人。

一天的工作结束之后，夜深人静，我趴在保护站二楼的阳台上，听沱沱河破冰的声音。这时，吐旦站长会抱着吉他，坐在我面前弹吉他给我听。

他一边弹吉他，一边唱藏族歌曲，声音高亢而嘹亮，有吉他伴奏，形成一种鲜明的风格。

他唱歌和弹吉他的样子都很酷，每次结束时，他会问我：“你听到我的歌声了吗？”

我说：“当然听到了，我又不是聋子。唱得那么嘹亮，镇上的人都能听见。”

他说：“你没有听到。”

每次他这么说的时候，都会神秘一笑。我常感到他说话玄乎，不过我也不大在意，只觉得他和其他藏族男生不同，是一位很特别的、酷酷的男生，同时，待人处事又温文尔雅。

记得三月底的一个晚上，天空的星星美得不像话。他欢快地把我从屋子里拖出去，屋外零下几十度，冷风飕飕，他就把我扔在空地上。

他说：“别动，站在这里，你抬头看天空。”

我抬起头，他转身跑去屋里，把所有的灯都打开，然后又关闭了。就在灯光交错的瞬间，有一颗星星划过天际，我兴奋得跳起来，在空地上大喊："我看到啦！我看到啦！"

他跑出来问："看到什么？"

我冲他喊着："看到一颗很亮很亮的星星从我身边经过。"

他说："那是思念你的人来找你了。"

那天晚上，他蹲在沱沱河边拍了许多张星空照片，每一张都美得醉氧。他把照片全部送给我，他说："以后用这些照片时，署你的名。"

我问："为什么？"

他答："这样我们就一直不会分开。"

每年去保护站的志愿者有不少，什么人才都有，美女如云，作为站长，他应该对每个志愿者都一样。所以，在保护站他和我说的每句话，我始终认为是他的幽默所致。

后来，我才知道，他对别的志愿者并不那么特别。

我们去藏民家拜访，一起玩自拍，我拍一张照片，他也要拍一张造型和我一模一样的；我们一起去羌塘草原上测试斑头雁项目的天线，他让我站在越野车的车顶举着天线拍一张照片，然后他自己又爬上车顶，也举着天线，让我帮他拍一张与我一样的照片。

当时，我并不清楚他做这些是为了什么，只觉得好玩。

这次他来北京参加环境保护的公益答辩，约我去参加北京志愿者的年会。我在保护站的两个月，我们的相处非常随性，我以为他和其他志愿者也会非常熟络、亲近，其实并非如此。在志愿者年会上，我看到的是，大家都很尊敬他，并不是我与他的那种相处模式。

在年会上，他只和我交头接耳，并不和其他志愿者叙旧，我感到很奇怪——好不容易来一趟北京，他人又那么幽默风趣，大部分志愿者应该蛮想和他叙叙旧的吧。

年会结束时，我问他："为什么不和其他志愿者聊聊天呢？"

他说："有你在，其他人都是多余。"

我才清楚，他原先那些怪异的行为，原来有些喜欢早已暗波涌动。

大巴车到达市区，我下车，眼角滑落一滴泪，顺着脸颊慢慢流下来。

我离开保护站两年了，才知道原来在青藏高原可可西里的草原上，在长江的源头，有一个藏族男生用他自己的方式思念我。

有些情谊无关其他，思念也是一个人的事。

我们相遇时，就该知道，有些缘分只能暗自生根发芽。离别之后，他用自己的方式告诉我，他很想我。

而所有的思念，都化作星星，在天边陪护着我。他的思念里，没有杂念，也没有别人，无关其他，只是纯纯的喜欢。

当我们重逢时，能够大方地说出来；再分别，我们又回到各自的轨迹，走着自己的人生路。

我们总是很信奉宿命，没有无缘无故的爱，也没有无缘无故的恨。

我只是确信，世间所有相遇，都是久别重逢。

我愿与你共黄昏，问你粥可温

认识大白是在八年前，他因姓白，所以被叫成了大白。

大白是个谦谦君子，有着三十岁的沉稳与安妥，叫人不慌张不匆忙。他的言谈举止从容磊落，凝视对方时眼神有温度。他就像一把大提琴，音质低沉而浓郁，整个人不愠不火。

在我认识他的第七个年头，他发给我第一张照片。乍看之下，十分惊艳，再仔细端详，我开始流鼻血。流鼻血这事儿，不仅仅是男人遇见胸大的漂亮女人才会发生；当一个女人遇见一位“海拔”高、身材结实、相貌堂堂的男人，一样会花痴到流鼻血。

当时我有点质疑，我不相信那是他本人的照片。不过我更好奇的是，他为什么会在第七个年头发照片给我看？初相识时，我们约定过，不要打听彼此的私事，不见对方模样，不要过分关注，只不远不近地说诗词歌赋，谈人生哲学。所以，相识七年，我一直不知他的模样。

大白见我有怀疑，他主动提出要跟我接视频。我在屏幕这端，花痴地看着他清晰而精致的五官，我终于相信，他是一个真正的帅哥，而不是我之前一度揣测的“胡汉三”模样。

我们认识之时，我有我的初恋，他有他的梦中情人（后来成为他的未婚妻），因此我们从不谈感情问题，也不搞暧昧。我们通过信，也为彼此作过诗，但无关风月，只是君子之交淡如水。他发照片给我的那天，我问他为什么？他只笑，什么也没说。过了几天，他认真和我说：“七年了，该让你知道我的样子。”

当他说出这句话时，我心中既无狂喜也无抗拒。我只是认为这一切都是自然而然的事情，我欣然接受就好。与大白相识，我就视他为知己。虽然我们不远不近地谈天说地，从一开始每日聊天到后来有好的话题才聊，再到最后通过彼此的文章了解对方的心思与动态，无论哪种方式，我都能感到他就在我身边。我们在各自的城市，按照自己的生活轨迹，迅速成长。

初识大白，他是一名整天只需跷着二郎腿喝茶看报的公务员。他在当地文化部门任职，工作非常清闲，只要他愿意，他有看不完的书，还可以第一时间拿到好书和音乐剧的门票。那时候我何等羡慕他。只是没做几年，他就辞职了，当时只说要去当甩手掌柜，将来要过上“面朝大海春暖花开”的日子。他真的就辞“官”下海经商，做的是物流生意。

三年前，我失去了初恋；两年前，他失去了未婚妻。我们都变成自由身，但我们的关系仍然与从前保持一致，且都未曾向彼此说过失去爱人的事，只是从文章里察觉出一些端倪。这些年，我们聊喜欢的诗人、书籍、音乐、电影，我还会与他聊旅行，我们总是那么合拍，价值观惊人地一致。

有一年，我同大白谈历代文人，大白酷爱民国，他以为民国文人是最有风骨的一个群体。我也有同感，我喜欢动荡年代的文学艺术，比如战国、魏晋南北朝、宋朝、民国。他表示赞同，因为这些时代都有一个特点：所有文学艺术都能自由地开出璀璨的花朵，遗世独立。

他在我面前从未有过情绪，哪怕是失去未婚妻，他都没有表现出任何的悲伤。好像于他，没有纠缠难断之事，没有难忍痛楚之情。我总以为他是清醒得有些不合时流，像一个不问世事的糊涂人。

但在我受挫或悲伤难过之际，他又总能在第一时间出现，从我那些纷杂错乱的破事里，一针见血地道出事情的症结与问题，随之给出的意见也能取得一条持中之道，颇让人佩服。

自与他视频过后不久，他来我的城市看过我一次。第一次见面是在机场，我躲在接机出口的一个角落，看着他从容地跟随着人群走出来，他并没有东张西望，而是找了一个人少的地方，给我打电话。他的一举一动，风度翩翩。我一边接电话，一边从他的对面走出来，他抬眼就看到了我，说："我知道你站在那里。"

我自然有揣测过他此行的目的，只是我一直遵循着当年我们的约定，不敢有半点逾矩的非分之想。他来了之后，我想带他看看这座城市的风貌，还想带他去海边，他说："我已经在海边生活近三十年了。"我问他想去哪里，他凝视着我，半晌才说："我是来看你的，不是来看这座城市的。我们安静地坐在一起，聊聊天，不好吗？"

他突然就与我亲热许多，已经打破了我们之前的约定。自看过他的照片之后，我的心已经无法保持之前的平和，现如今他的举动叫人捉摸不定，我害怕自己把持不住。我终于无法隐忍，也已经过了那个青涩的年纪，索性直接问大白：“你忘了我们的约定了吗？”

大白沉稳地说：“从不敢忘。只是……当年我们相识时，我还是一名当地文化局的小职员，兼职做小提琴老师，现在我是物流行业的小掌柜，每天忙得快忘记小提琴的样子；而你，当年在‘帝都’做图书编辑，现在偏安于这座经济特区做你喜欢的事情。经过这些年的岁月洗礼，我们都在茁壮地成长。千帆过尽，你应该明白，万事万物都是瞬息万变的，世间没有一成不变的东西。”

我不安地问：“大白，你是什么意思？”

大白既真诚又直接地说：“我想带你去威海生活。”

我不敢相信自己的耳朵，上苍真的会垂青于我？难道真的是在我经历世事沧桑巨变，繁华落尽，洗尽铅华之后，迎来了第二春？

只是，当时我没有答话，我的不答，大概也是为了镇定情绪与缓解不安。这种事情上，我既无破釜沉舟的勇气，亦缺乏暗度陈仓的智慧，那么，还是无言的好。当初看《我可能不会爱你》的电视剧，我无法理解李大仁对程又青的爱，听陈柏霖的《我不会喜欢你》这首歌，认为歌曲表达的内容既矫情又好笑；现如今，我深刻体会到歌词里所表达的内容。

大白那么优秀又帅气，唱歌好听，还会拉小提琴，追求完美，我拿什么配他？站在镜子前，将自己从头到脚打量一番，黯然伤神。岁月在我的容颜上留下了痕迹，胶原蛋白早已蒸发得无影无踪，除了多看了几本书、多写了几篇文章之外，再无其他能拿得上台面的资本。我害怕，一旦我们走得更近，大白会看到我身上所有的缺点，当之前呈现出来的美好遇见现实的照妖镜，只会叫人幻灭，那些美好也会支离破碎。

大白见我不言语，大概清楚我的答案。他走的那天，我送他去机场。我陪着他换登机牌，看着他过安检，然后转身离开。没过多久，我收到大白的微信消息，他发来一段很长的话，看得出是经过深思熟虑的。看完之后，感动得想哭。

大白说："我知道你是什么样的人，你应该找一个可以让你'二'的人。婚姻不能总隔空赏画，应该有人与你共黄昏，有人问你粥可温。真正的伴侣是让你活出真性自由，既会嘲笑你的糗事，又可伴你聊车马史书。我只想你能够在我面前随心所欲地'犯二'。我有自信，既能让你活出真性自由，也能让你灵魂高贵。我不想你一个人承受生活之艰辛，我在威海等你。"

他一步一步走入我的心里，我一步一步将自己逼退到一个角落。我认为这一切的转变都是不真实的。曾经的自己一度自诩"凤凰"，给自己的标准也是"凤非梧不栖"，现在有一棵参天梧桐树站在我面前，我却躲躲闪闪。所以，当我再一次选择扬帆启程去追逐我的小创业梦想时，我回到了北京，那是我的起点。我没有选择去威海找大白，显然，我目前的人生规划里没有他。

大白走后，我思量了很久，最终引用了沈君山讲过的一段话，婉拒大白："完美的爱情和完美的婚姻不一定能画上等号，有情人当然最好成为眷属，但不必也不一定要成为眷属，婚姻的形式在改，将来也许连契约的形式都会改掉，但终究是共同相处的伴侣，有灵性的伴侣，有知性的伴侣，有事业的伴侣，更有生活的伴侣。或许我的想法比较前卫，我不在乎契约形式，所以，你只会是我的灵性知己，而不是生活的伴侣。"

大白，我不会选择与君共黄昏，问君粥可温。我只想做个随季风迁徙的候鸟，看一季接一季的花开，听一声紧一声的浪涛。而大白，却是非常传统顾家的人，守着他的那片海，等待春暖花开。

他说他知道我是什么样的人，我想他猜到了开头，却没有猜到这结局。

我想我们还是如从前一般，不远不近地关怀，不问别来无恙。

我们结婚吧

今年我三十岁，在这个春天，有人向我求婚了。

我终于感悟到春天的美好，就如聂鲁达的那句诗，“我要在你身上做，春天在樱桃树上做的事。”

今年春天，我和夏威夷一起去听了吴虹飞的新歌《星际穿越》，歌里唱的，似乎就是我的人生。我在台下，看着舞台上暗红灯光下的吴虹飞，她唱“梅花落雪白衣裳，许不下今生今世，容不下一场思念”，我轻声跟着哼唱，泪眼婆娑。坐在我身旁的夏威夷递过来一包纸巾，又握了握我的手，黑暗中，我能感受到他的担心。

演唱会结束之后，夏威夷站在后街向我求婚：“焦糖，趁活着，我们结婚吧。”

二十六岁的春天，我遇见前所未有的低气压，这股低气压来源于我的内心，以致周身都散发着一股黑色的郁气。我不知道要怎么形容那样一种感觉，我只晓得春光越美就越是春光杀人的时候——那时的心情大概是这样子的。

那天，我收到暗恋五年的男生的结婚请柬。我还没尝试过爱的滋味，只是将喜欢消耗在无谓的等待中，那个男生却要结婚了，他将要承担起一个男人的责任，去守护另外一个女人，给她幸福。

同时，夏威夷来向我告别，他要去迪拜出差，回国的时间未知。我们坐在护城河边，柳树刚开始发嫩芽，我抬头看天，心力交瘁。我们分开的时候，夏威夷对我说："好好生活。"

我和蟹子坐在空旷的篮球场看台上，夜晚的春风吹起我的裙角，我想起聂鲁达的诗："因为你，当我伫立在鲜花初绽的花园旁边时，春天的芬芳使我痛楚。"这是春天的坏处，也坏了我的心情。

我喃喃自语，唱着荒腔走板的"翻过了青春才发现你流连过的篇章永不凋谢，挨过了四季才明白你就是我追随不落的日月……"其实也不带任何情感，只不过一通乱喊，像是酿了一坛好酒埋在地下，被人偷去喝了，那样难受。终于知道，那个人不属于我，心空而失落。

我没有谈过恋爱，没有被任何人表白过，我也没有爱过别人——只知道和一个人在一起做什么事情都很放松，这是不是喜欢？

篮球场的看台上只有我和蟹子两个人，球场里打篮球的人也寥寥无几。我看着蟹子说："蟹子，我想问一件事情。"

"哦，问吧。"

"为什么没有人喜欢我？"

蟹子转过头来，看了看我，摇了摇头，叹了一口气，没有接话。

"为什么没有人喜欢我？看来我没有资格被爱。" 我沮丧地自言自语。

"焦糖，你喜欢喝咖啡还是喜欢喝茶？"蟹子贱兮兮地问道。

“喝茶。”

“喜欢存在主义哲学家萨特还是荒诞哲学代表加缪？”

“加缪。”

“那么，喜欢夏威夷还是喜欢唐川？”

我一时语塞，疑惑地看着蟹子，不知道如何作答。蟹子轻叹一口气，抿嘴笑了笑，又摇了摇头。

我问他：“干吗问这个啊？”

蟹子一本正经地看着我，说道：“焦糖，不用在乎谁喜欢你，重要的是你喜欢的人是谁。你能清楚知道，喜欢喝茶而不是咖啡，难道你没有喜欢的类型吗？除了等待别人喜欢你，你也可以喜欢别人啊。”

发结婚请柬给我的人就是唐川。我搞不清楚自己的心意，我真的喜欢过他吗？ 如果说，与一个人在一起做什么都感到轻松和舒服，那就是喜欢的话，那我是喜欢他的，只是从未向他表明心意，也从未向他人说起过，哪怕是蟹子。所以，我和他做了五年朋友，偷偷喜欢了他五年，属于暗恋。

唐川结婚后，我有一年多时间没有见他。我不是刻意不见，婚后的他忙着陪妻子度蜜月，又加上我的裁缝技术进入一个瓶颈期，一直在专研，彼此时间凑不到一起。

一年后，唐川约我吃饭，我早早地到达了约定餐厅，唐川和他妻子一起来的，两人幸福地坐在我对面。很奇怪，我没有不习惯，也没有尴尬，只是笑着看他们。

他妻子非常讨人喜欢，我们一边吃饭，一边聊天，聊到感情话题，唐川的妻子问我：“焦糖，你有喜欢的人吗？”

“有吧。不过这些年，我喜欢的人都不喜欢我，而喜欢我的人我偏偏不喜欢。或许这就是人生吧。”我无奈地说道。

唐川的妻子温柔地说：“在感情里，有些人的运气向来差些。不过，终归会有一个人骑着白马向你走来的。”

为了缓和气氛，我调侃道：“或许骑着的是一匹黑马呢？”

三人不约而同地笑起来，其实我差点笑出泪来，是心酸的泪，只是强忍着，终于让笑声掩盖了泪点。

后来的几年里，我已经懒得去喜欢人了，只对猫狗充满兴趣。我搬到扬州的一个乡下住了下来，在一个湖边租了一个大院子，养了三只狗狗和两只猫猫。有手艺的人到哪里都不怕没饭吃，你下了多少功夫在手艺上，就有多少回馈，这一点我深信不疑。

去了扬州之后，很多人很多事情，不想再联络，也不想再有任何牵绊，认为没有意义。我本就是一个慵懒的人，对感情很迟钝，只懂得做衣服。或许，一生与猫狗相伴，用布匹裁剪人生，也不错。

只是偶尔，也会与朋友聊天，无论从什么话题开始，都会以感情话题结束，他们会和我讲一些身边人的情感八卦。

朋友小区的一个女生喜欢他们小区的一个男生，一见倾心，有了联系方式，一来二去熟悉之后，表白被拒，心如死灰。此时，剧情又开始反转，男生其实非常喜欢那位女生，只不过想了解更多之后由他来表白。

人家的拒绝只不过是另一种开始。

这些故事，听来真叫人感动，有一种错觉——别人的爱情开始得那么容易，浪漫而美好。我喜欢你，刚刚好你也正喜欢我；或一见倾心，再见钟情，这一生始终只对你好，只对你特别。犹如偶像剧一

爱你这回事，时间都记得

/ 牧毳

从青春走过的人，
往事旧情尽皆相似。

爱你这回事，时间都记得

/ 牧耋

世界的微尘里，时间经过，就是一程一程。

/

样，令人心生羡慕。

而自己遇见过的人呢？

我喜欢他，他却不喜欢我；你喜欢我，我却不喜欢你。总是遇不到那个刚刚好的人。要么就是，初见热情，再见献殷勤，稍微冷淡一点立马拂袖而去，对你的赞美，那些温柔的情话，转身就说给其他女生听。别人的人生是偶像剧，我的人生处处洒满狗血。

蟹子来看我的时候，我与他讲起这些，他说："别人的，看着再好，于你都是一场空。"

蟹子一语道破，我开始断舍离，只专注内心感受，不再与外界比较，这样子痛苦轻了，喜悦生起，渐无不可舍之事、不可离之人。

前不久我生了一场大病，差点出现生命危险。躺在医院的病床上，心生悲凉：我还没嫁过人呀，就这样死去了，好不划算。

蟹子将我的病情告诉远在他国的夏威夷，夏威夷从迪拜赶回来。他在那个国家待了四年，说回来就回来，还蛮有魄力。

生病的日子还好有夏威夷，不然，我真不知道如何度过。健康的时候，大概认为一个人也可以过得不错，但只要身上有病痛，哪怕只是牙痛，都会崩溃。那时候看是枝裕和的《空气人偶》，深刻体会到：生命自有缺陷，需要他人来填满。

我病好之后，夏威夷说要带我去散心。我问他去哪里，他递给我两张票，上面写着"银河系漫游指南"。我问他："这是什么？"

夏威夷说："幸福大街乐队举办的演唱会，有吴虹飞的专场。"

我问他："你如何知道我的喜好？"

夏威夷笑着说："我知道你的一切。"

三月份，我和夏威夷启程去北京看吴虹飞的演唱会，在现场听吴虹飞唱：

“我热爱浮华冶艳，故国苍凉黄昏，时间还没发明，我们已经告别。在逃亡的路上，可有星光照耀，你的灵魂，在这短暂秋天，你是我最爱的少年。”

听这首歌时，我脑海里闪现的全是夏威夷的影子。我们八岁相识，距今已有二十二年。八岁那年，夏威夷的父亲因赌博将房子抵押，他母亲带着他回到外婆家，他外婆家离我家只不过百米，时间长了我们就相熟了。夏威夷后来一直住在外婆家，并转学到我们班，我们成了同学。从那时起，直到高中毕业，我们一直都是同班同学。

那时候，我家家境也不好，因父亲做生意亏本，欠下许多债，日子过得风雨飘摇。有一年我生日，夏威夷送了一个万花筒给我，并问我的愿望是什么？

我说：“我不要穷，我要有钱。”

夏威夷听后，安慰道：“会有那么一天，我们一定不会缺钱。”

演唱会结束，我和夏威夷走在后街，突然，他面向我，对我说：“焦糖，趁活着，我们结婚吧。”

我不知所措地看着他，抿着嘴。夏威夷又说：“自从小时候在桥边遇见你，我所走的每一步，都是为了能够更加靠近你。”

“你养得起我吗？”我问他。

“养得起。”他坚定地答道。

他张开双臂拥抱着我，我在他怀里呜呜咽咽哭成泪人。我说：“这么些年，你都在干什么啊？为什么不早点告诉我？我曾一度以为我是一个没有人爱的人，我曾那么渴望被爱，而你迟迟不出现，还在那个低气压的春天跑去了迪拜，你不怕失去我吗？”

夏威夷抱着我，说："我害怕。离开你我不快乐，藏在心底的话不是故意要隐瞒。我想给你足够的安全感，在我做不到的时候，我不敢贸然说出口。比起失去你，我更害怕看到你失望的样子。现在，我终于可以对你说，一起喝茶、喝酒、吃晚餐、看电影怎么样？在我们活着的时间里，一直一直。"

我庄重地点了点头，我的笑容绽放在这个春光里。

不管怎么样，漫长的等待总是有用的，终归会有一个人爱上我，他会记得我所有的喜好，努力达到我喜欢的状态，陪着我走过一生。真正爱一个人，莫过于此吧。

你是年少的欢喜。
——请倒过来念。

*　　*

我 愿 与 你 共 黄 昏 ， 问 你 粥 可 温 。

最撩人是春色，牵肠挂肚的是思念。

年老店

我有时候会想起你，

你应该是在北方。

第二章

树在山上开花，酒在树下沉睡

相见欢

二

世间情动，不过盛夏白瓷梅子酒，碎冰碰壁当啷响。

1

许多年前，我在婺源的理坑开了一家酒馆，酒馆的名字叫“相见欢”。

我没有给酒馆做招牌，除了在廊檐下挂了一盏红灯笼，上面写了一个“酒”字之外，门前清爽，只有一棵杨梅树。

我喜欢梅雨季节，杨梅熟了，可以酿杨梅酒。

也因为，我是在“梅子黄时雨”的时节认识他的。

六月中旬，我在酒馆的窗台上搁了一只粗瓷碗，用来集雨。他冒雨闯进来，站在屋檐下，用手捋了捋头发，甩掉发梢的雨丝，拍打着肩膀上的水珠，冲着我笑了笑。

我并没理会他，他也并不介意，只一眼瞧见窗台上的粗瓷碗，说了句："《清嘉录》有‘梅水’一条：居人于梅雨时备缸瓮收蓄雨水，以供烹茶之需，名曰梅水。你也有这喜好？"

我惊讶地看着他，生涩地答了句："哦，我用来煮酒。"

"怪事了，雨落在瓦上，瀑布似的掉下来，用竹水溜引进大缸里，即是上好的茶水。你不煮茶，而煮酒？"

"我喜欢。"

我们毫无头绪地一问一答，我不知道他从哪里来，他似乎也没搞清楚自己站在一个酒馆的廊檐下。

他又说："既是如此，能饮一杯无？"

我领他进屋，他坐在靠窗的那张桌子，窗台上正好摆放着我用来集雨的粗瓷碗。

"雨会随风飘落进来，不如换张桌子？"

他望着粗瓷碗若有所思，恍惚了好久才答了句："窗前一片举目皆绿，清凉一些好。"

我去前台打酒，他坐在那里，我望了好一会儿，只觉清致迷人，带着落定尘埃的清气，满载着一个酿酒人家的梦。

2

后来，他常来，要一壶酒，一碟花生米，小酌完就走。

理坑并不是一个无人问津的偏僻村落，虽然是多年前，游人一样如织。只不过，春天前来的人最多，闻名来看油菜花；夏季之后，人少很多。

婺源的村落，在晴日熏风的大好天气里，琼田万顷，倒也风光无限。

他隔三岔五来，不像是游人，莫不是与我一样，是在这里有营生的人？

有次，他来的时候，怀里抱着一个细白瓷的瓶子，依旧坐在窗前。我准备去给他打酒，他说：“不如尝尝我的酒？”

我愣了一下，他将瓶子摆在桌上，温和地说了一句：“去取杯子吧。”

我取来杯子，他说：“三年陈的酒，要与懂酒的人对饮。”

他倒酒的动作娴熟，手指白皙修长，倒完酒后，递了一杯给我。

我双手托起酒杯，轻轻浅浅地呷了一口，方触舌尖，烈烈的果香携着醇厚的酒味，瞬间如海啸般一个浪头翻涌过来，顿时浑身一个激灵。

“杨梅酒？”

“嗯。”

“你也酿酒？”

“不酿。”

“那这瓶三年陈酿何来？”

“一个姑娘送给我的。”

“她人呢？”

“她坐在我对面。”

3

我去南塘写生，认识一个姑娘，她在那边搞摄影，我们常坐在一起闲聊。她尤爱酒，常和我说，啤酒寡淡，红酒酸苦，白酒闻着香，稍抿一口辣嘴，西洋酒是外来物，喝完羞愧至极。

我问她：“世上所有的酒都被你排除了，那还喝什么？”

“世间还有一种酒，你没喝过，世人也没喝过，除了我自己。”

“什么酒？”

“我酿的呀。”

她说完，哈哈大笑起来。我不相信她会酿酒，只觉得她调皮，胡乱说的。

没想到她又说："如果不做摄影了，我就回去酿酒。"

"姑娘何方人士？"

她狡黠地眨着眼睛，然后说："妈妈说，不能随便把家庭住址告诉陌生人。"

"大体方位可以说吗？"

"等我酿酒的时候，我会告诉你的。"

4

他说完，停顿了很久。

我问："她告诉你了吗？"

"如果告诉我，我就不会找了她三年。"

5

我不写生的日子，她也不忙碌的日子，我们常去山下，雇一只小舟，向江中心的小岛上悠悠而去。船下水极清澈，水底植了许多莼菜，青翠碧绿，随水招摇，极是可爱。

她望着船底的水生植物，说了句："长河难渡，伊人在水底。"

我问："什么意思？"

她笑道："有一种迷人不能

言说。”

小舟徐徐拐入一道狭窄的水巷，两端芦苇高过人头，数米远的地方就是小岛。小岛上有一个小镇，常有游人慕名而去。

上了岛后，一名穿着藕荷色纱裙的少女立在面摊旁，旁边还站着一位老者，笑吟吟地向我们二人招呼道：“下两碗面条啊？”

她问我：“闻着香，吃不吃嘛？”

只见老者捧过两只雪白的浅底瓷碗，面条像麻线一般在清澈的汤水中半沉半浮，碗里的汤水清亮不油腻，却又漂浮着一层油星子荡漾开来，有烟火的气息。

面条入汤碗，热气腾腾，再浇一勺肉末豆腐丝臊子，里面还掺入了新采的莼菜，入口清香又有人间烟火的美味。

她吃面条的样子极有味，吸溜面条时嗖嗖地响。我笑了笑，她下意识地感觉到自己不淑女，便问：“女孩子吃东西吧唧嘴，发出声响，极不文雅吧？”

“我倒觉得可爱，无妨。”

她抿嘴笑了笑，没再说话。

天色欲暝，两人兴尽归舟，回首处远村晚烟依依，若隐若现地没入夜色中，几只水鸟清唳着掠过水面。

新月初升，温润地悬在竹枝梢头，轻轻悄悄地将一片银白的光洒在窗下的凉席上。

6

有天清晨，雾气朦胧，她来到我窗前，敲了敲窗户，我推开窗，她双手捧着一个细白瓷瓶递给我。

我接过，她道：“我酿的酒，三年后再喝。我要走了。”

“去哪儿？”

“开酒馆。”

“在哪里？”

“屋前有棵杨梅树的地方。”

她朝我挥挥手，我以为她开玩笑，因为我前一天还去过她的摄影馆，一切如常，没有转让，设备都还在。

我还是追出去了，她背着大包小包上了大巴车，我隔着车窗玻璃，问她家在哪里。

她嘴角动了动，好像说了一个地名，车子发动，响声太大，我一个字也没听清楚。

7

“后来，你去找她了吗？”我问。

“我找了她三年，天下所有酒馆都去过，门前没有杨梅树。”

“为什么找她？”

“目成心许，一往情深。世间情动，不过盛夏白瓷梅子酒，碎冰碰壁当啷响。”

黄昏下的酒馆显得格外安静，他坐在我对面。

我惯于将生活当故事一般对待，尽管，我无法左右生活中缘分的开始，情节的发展，和无可避免的终结。

看简媜的书，读到这么一句：“如果有一天我终能找到我的迦南之野，我得感谢你给我翅膀”。

我总觉得，我内心深处是有一个人在的。身体出问题后，我已经不记得很多事情。

养病期间，正值梅雨季节，我常窝在屋子里，不与外界来往，心扉结了一层霜。

也在这时，“迦南之野”先生来到我身边，早于他找到我，陪在我身旁。“迦南之野”先生知道我要开一个酒馆，也是在这样的黄昏，赶上最后一趟列车，来饮我酿的酒。

“迦南之野”先生见我书房里挂着一幅“相见欢”的字，于是为酒馆取名“相见欢”。

他听完后，起身离去，很快消失在杨梅树后。那一夜，有个男人在理坑唱了一宿的《水仙子》：

“步过春光，醉老西窗，可知人间已荒。久见天苍，久未见蒹葭芳。指尖风去茫茫。

“酒余香望与山陵浇，雾遮人缓步过旧桥，花吹雪徐落清筝调。也曾哭山木倒，醉说时孩童已老。”

在歌声中，我猛然记起多年前，我在南塘认识的他，我们相识的那一日，他画了一张我的画像，我拍了一张他的照片，还有他写给我的那幅“相见欢”的字，以及江心小岛上一起吃过面条……

我又记起，那日在车上对他说的是：“倘若赶上黄昏最后一趟车，就来饮杯酒。”

倘若往后，有人对你说这句话，你一定要去啊。

良伴此生不换

二

我在孤山的西泠印社静坐许久，等游游来找我。东风归来，见碧草而知春，这样的时节，减轻一冬沉赘的衣裳，春心也开始荡漾，出来“浪”的人渐渐多起来。西湖的断桥、白堤游人甚多，又聒噪，不是我喜欢的场所。

我躲在西泠印社，站在院子走廊上，细细瞧着墙上的印章和篆刻的字体，余晖恰好落下来，洒在“兰风载芳润，谷性多温纯”的篆刻上，心中开出一朵花来。我心中的江南是这个样子的，如果再落场雨，正好与墙上那枚“杏花春雨江南”的印章相宜。

与外面的人声鼎沸比起来，西泠印社院子里有点萧条破败，倒也清幽怡然。当年在沧浪亭唱昆曲的少女，对西泠印社的那株蜡梅念念不忘，那是她的心头好。北上之后，她再没时间在寒冬之后、蜡梅绽放之际，回来看看。

这次我来，在院子里找了许久没有开花的蜡梅，差点遗漏。拍了照，发给她。几分钟之后，她告诉我，她正在整理前几年拍过的照片，刚翻过西泠印社的蜡梅，正好收到我从江南传给她的照片。恰逢其时，一切刚刚好。最后她说：良伴此生不换。

对江南的爱，是我心中的执念。曾经，我期待着和一个江南的少年恋爱，也曾以为会嫁到江南。只不过，越是偏爱，越是不敢靠近，江南的一切人事离我越来越远，我唯一挂念的她，也因为读研、读博而北上了。

后来，我每年春天都去江南。去过南京、苏州、无锡、湖州、上海、东阳等城市，也去过江南的各个水乡古镇，唯有杭州，我绕开了它，不敢轻易触碰。都说忆江南，最忆杭州。杭州于我，并没有什么故事。只因为她在，我却不敢来。

每次想起她，总会想起昆曲《桃花扇》中的《余韵·哀江南》。她读博那年对我说："我三年没到杭州，忽然高兴，诌一套《哀江南》，放悲声，唱到老。"

然后她真的唱了一曲，妙是妙绝，惹出我多少眼泪。

我想了想，我们不常聊天，没有约定，没有承诺，只是静静地看着彼此的动态，知道对方的爱好，看到相似的事物总会想起对方。这样的情感，不会很近，也不会很远，却又真挚赤诚。

我不太喜欢一切太过浓烈的情感，对人很疏离。在人世间，能遇见这样一位频率共振的人，是遗失的幸运。

游游到了之后，我们一起坐船游了西湖。游游一直说，西湖不如南京的玄武湖美丽。我笑了笑，没有接话。他在玄武湖旁边的学校求学、恋爱，或许他留恋的是美好的青春，西湖于他而言，不曾有故事。而我，怀念的却是，两年前，“坐久落花多”摆摊小分队在玄武门练摊的故事。

当时，竟净自称有摆摊卖扬州炒饭的经验，我竟然信了。当我们将摊子支开摆起来时，说好的吆喝，一句也没听到。涂鸦作品等着介绍，也没人吭声，一个个只会傻愣愣地盯着路人看。游游霸占着相机离得远远的，美其名曰“给活动拍照留存资料”。渐渐和迷离恍惚，早已躲得不见踪迹，我完全不记得他们做了什么。

虽然如此，南京一别之后，每每思念至此，仍忍俊不禁。这两年里，我有再见过他们，只是心境大不如从前了。

渐渐结婚前一年的冬天，我去济南出差，见过他。那时他还说，春天约我去他家吃黑鱼，不过后来再也没有提及此事。去年春天，我再到江南，与竟净同游无锡和苏州。今年春天我又下江南，在杭州，与游游同游西湖。

那时，我们有一腔澎湃的孤勇，有浇肠烈酒的悲怀。后来，我们告别，各自过起了日子。见与不见，我都在这个春日里得偿所愿，且尽余欢。只是往后，前尘后路我都不会再问了。

唯有游游，他依旧如从前。我很珍惜他这位朋友，他学了我所爱的植物学专业，读研的那年，他将自己培植的蜡梅和马褂木幼苗赠予我。

我原本还想努力寻一所园子，将马褂木培育成参天大树。没想去年我去江南时，将马褂木托付给妹妹照顾，她自作主张将其移盆，后渐渐枯萎，死去。我自觉愧对游游所赠，便将蜡梅送给沧浪亭的那个少女，有她照料，我安心许多。

同游西湖时，一路上，游游不停说，小主，小主，这是虞美人，这是二月兰，这是紫叶李花，这是紫罗兰，这是康乃馨，这是贴梗海棠，这是三色堇……

有他在身边，我很放心。遇见我不认识的植物，他会如数家珍般说出名称。这几年里，我不知道向他请教过多少植物方面的问题，他每次都耐心作答，常称赞我选植物有格调。

从雷峰塔下走过，不知道怎么的，想起两年前一起走南京长江大桥的事，旧时情景历历在目——

游游冲在前面，举着相机对着我们一顿狂扫；渐渐闷声闷响走在中间；竟净提着蓝牙音箱，播放的音乐是我手机里钟立风的《不要留我陪你过夜》，还不忘数着我长发飘飘引来的回头率；迷离恍惚与哆哆走在后面谈恋爱。

最后，我们走到桥尾，一起站在风中，深情地望着江面，沉默沉默再沉默。长江中的船只，缓缓驶出我的视线。那一刻，我想到的是山本耀司的一首诗：

现在，你乘着木筏，自我眼前顺流而下。
你的木筏上，我没有看到划桨。
浮浮沉沉，沉沉浮浮，你孤身一人，顺流而下。
时光飞逝。
是啊，时光流过。
现在只能说到这里。
想说下去，却又不知该说些什么。

现在依然不知道该说些什么，唯有一句：所谓告别，即从前好过，这是人间聚散，叫作花好月圆。

送给自己，也送给曾站在风里的我们。

树在山上开花，酒在树下沉睡

四年前的农历七月，我处在人生低谷时期。那段时日发生太多事情：我亲手埋葬了那场十年的初恋，丢了一份看起来还不错的工作。原本令人羡慕的生活，一夕之间，物我两非，心底几分苍凉，无从言道。

我整天躲在屋子里，不愿意走出去，许久没看过朝暮云岫，夜阑更深倒是常常体会。有一天，我终于肯出门去寻觅一种特别想吃的食物，买完东西之后去前台结账，桌旁的报刊架上凌乱地堆叠着几张报纸。就那么不经意地一瞥，看到了一句话：树在山上开花，酒在树下沉睡。

我向老板要了那份报纸，展开来看，原来是一封“约酒信”，读完之后，怔忡良久，怅然叹息。当时想到的是——江山万里楼台百尺，何处是心乡？

现在我还记得那封“约酒信”的内容。

给未知的你：

三年前，我走了一段路，并写下那段行走的故事，后整理成书卖给出版商，换了些许稿费。我拿这钱在乡间租田六亩种糯稻，夏种秋收，获稻五千余斤，又去山间觅得好泉水一眼，就近起灶，开始酿酒。

又三年，酒已熟，封坛藏在一处山清水秀的所在，那里有我为纪念天涯一起看帖的朋友们种下的一棵玉兰树。树在山上开花，酒在树下沉睡。

将来，谁人来喝我酿的酒呢？

七月的乡间，晚稻秧禾新苗，也正是荷花的好时节，花开叶展。日间暴雨骤至，向晚又停，暑气散尽，风里一股子乡野之气，从山林吹向稻田、荷塘，又兴兴放放来到我的窗前。我坐在窗前写下第一封“约酒信”，给未知的你。

今，我有家酿一千三百斤，一斤分作一坛，拟用此酒换一千三百个人的故事。给我讲你的故事，我请你喝酒。以故事佐酒，不必相识，却可共鸣，不亦快哉！

酒尽，记下你的故事，放入酒坛里封起来，作为约酒的回复，将它还给盛酒的酒坛。然后，我们将这坛故事卖给那些不擅饮酒却爱听故事的人。

多少年才会讲完这一千三百坛酒的故事呢？时光悠悠，这个帖子也许会延续多年，就像一部许多人的生活日志。

无论酿酒的人，还是喝酒的人，有形的东西迟早都会没影子，但某种情思将永远存留下来。

这封不知何时会抵达的“约酒信”，不知抵达何人之手的信件，就从这里出发吧。人的生活迢迢不断如行云流水，该抵达的终会抵达。

二〇一二年七月十八日

我不晓得到底是怎么样一个通达之人才会有这样的心性。看完这封“约酒信”，我将它从报纸上剪下来，贴在日记本里，当即在日记本上写下那天的感受：

一个人走了一段路写了一段故事，整理成书，卖给出版商，换了八万块钱稿费。他拿着这些钱去乡里租了六亩田，种满了稻子，用这稻子酿了一千三百坛酒，用这酒换取别人的故事。别人讲一个故事，便送一坛酒。他把这些故事整理，打算拍成电影。

那天夜里，我将自己的故事写下来，准备拿去与他换酒。可最终，我没有勇气这么做。

后来，我才知道“他”是“她”，是一位天涯红人，知名旅行者，她是张小砚。

看过她的“约酒信”，突然就战胜了一蹶不振的萎靡状态。不知道是她的生活方式带给我力量，还是自觉要为此做点什么。我也是在那时候懂得，原来人世间，竟有这么多种活法。

她原本是最早一批的“网红”，或许那时候还不能称之为“网红”，正当她红遍网络之际，她的书出版后立马成为畅销书，占据畅销榜几年。一时采访她的人、找她的人络绎不绝。

她原本可以借此名声好好大干一场的，而她却偏安一隅，消失在人们的视线中，种田酿酒，好不潇洒快活。

我在网上找到她的博客，看她的故事。后来我注册了微博，断断续续地关注她的近况。从没有走近，也不曾走远，一晃四年。

近日，我得知她生活在彭泽的小乡村发大水，谷子被水冲走，而她也打算重新选址酿酒；我更知道她去过云南、南京等地寻找酿酒之所，始终不能如意。她说要风景好，要有泉水的地方。

终于，我找到她的联系方式，私下给她留言，推荐了我的家乡。

那天晚上她回复了我，然后我们有一搭没一搭地聊了几段，她留下了微信号。我加她之后，她留言：我正在外面，先加上就好，有空再聊。

过了一周多，她终于给我发来消息：

牧音，加了好些天了，还没聊过你故乡的情况。不是不关心，是今年酒选在庐山桃花源酿，抽不得身来。你家乡真美，可惜遇见你的时候晚了一点。因为时间紧迫，再不定下来秋天就出不了酒了。我计划是每年选一处酿一款酒出来喝，相当于游走各地风土，出一款酒的作品。等我忙过这阵子，我也想去你的家乡看看。你说的我都非常喜欢。

看完她的留言，欢喜自不必言。突然之间，我感觉压在心头的乌云渐渐消散。

近日，部分朋友或许隐约察觉到我的低沉。没错，四年前的事情仿佛重演了一般，与喜欢的人断了联系，和工作上的合作伙伴一拍两散，我又回到四年前那个低谷，虽不是失恋，却也是丢失工作。

四年前，在我消沉月余之后，遇见了张小砚的“约酒信”。如今，又是这般光景，却让我遇见了真实的她，跳脱文字之外的她，实实在在的她，和我说着《春歌行》的她。

或许我们注定是要认识的，一个轮回之后，终于还是相遇了。

对待喜欢的人事，哪怕只是模糊得不可触及，我依旧认真对待，像挖掘到的宝贝一样，轻轻收藏安放。我对待每份情谊，起初都不是想着要拥有，而是守护。我不愿意什么都沦为快消品。于我而言，喜欢的人事，值得花心思对待。我相信，终究有一天，缘分来了，就会见面。

她说："我在乡间生活七年了。有时候走在田间，望见天上流云奔腾，昼长日静，不知外面时事若何，心里想拔剑起舞。然而我还是在这乡间寂寂而生。"

我说："不论世潮如何，找回自己的精神源头与出处，才能真正快活。"

两人聊起各地风俗与风土人情，她推荐了胡兰成的《新秋试笔》，写中国乡村和人情的一段小文，读完没有人不爱的。我也分享了胡兰成写他母亲的文字，大意是，母亲爱喝点小酒，父亲傍晚会去买蚕豆回家，给母亲下酒，这种难得的情意是那样的美。

最终，我们惊讶于彼此竟能聊那么多，是那种不知不觉想表达，而不是刻意搜寻话题去说。面对她，我只字未提过往的那段缘分，也从未提她在微博上展现的生活，那些不是我想要知道的重点。而她，那些她已经说过，想必和我一样，不希望再有人提起——总是重复同样的话题，何等无聊。

于她于我，当下相识这一刻，才是最重要的。真正的性情是自自然然地流露，君来好相待，君不来我自相待。就是这样一种清雅高洁。

我知道她的那封"约酒信"最终是如约了的。因为她曾说用酒换故事，要拍成电影，现在左小祖咒已经投资翻拍她的《走吧，张小砚》，她的酒，她的故事，会出现在荧幕上吧。

“待我这边酒坊建好，出酒时，来玩，可好？新出锅的热酒极好喝。”

她这么邀约我。我怎能不去？我要去，要去喝张小砚的酒，一醉方休才好。

我们于世间行走，红尘万丈，谁不是深陷其中？柴米油盐酱醋茶，蝇营狗苟摸爬滚打，这本就是生活常态。然而，以初心为基，用执着筑一处可以固守的心乡，让自己能在世相纵横、岁月洪荒中，保留一个独属于自己的步调，这样的人，除了张小砚，我恐怕还没认识第二个。

她能在浮华世情里，保住一份简素的情怀，于世相纷呈中，拥有一种清醒的自持。

好希望，有一天，我筑一间竹里馆，一盏清酒慰寂寥，半壁山房待明月，那时候有她在。

谢谢你，张小砚。

张小砚的酒

我携砚台的“约酒信”去桃花源见她。去之前，她和我说，我等你围炉夜话，希望来一场雪与我一起迎接你。

坐在窗前，北京的天空，沉浸在冬日固有的银灰色调里。我的思绪早已飞向桃花源，想象雪满山林，身前炉火毕剥，如有所待。

遥想写那篇《树在山上开花，酒在树下沉睡》前与砚台的初相识，像极了多年的旧友，我们畅聊整日，谈酿酒、爱情、文学作品、民歌民俗、山居生活、种花。

时至今日，几月已去，突然就到岁晚，一年将尽，还真想念她啊。

出发那日，是夜里的车，一张硬卧，灯也熄了，车厢中偶尔窸窣的响动也无关紧要。我手心捏汗，随意往窗外一瞥，经过不知名的城市，霓虹灯遥远又相似；偶尔也会途经一场雨，雨水拍打在车窗，又滑落。

看车窗玻璃上我的倒影，我问自己，如果与砚台见面，第一句会说什么？

我提起笔写下这一天的心情，车厢过道里来来去去的旅客，他们看着我，我也看着他们，我笔下的文字已经是另外一座城市的人了。

清晨睁开惺忪的眼，看着火车窗外，轻快的光线平平仄仄落在青山，有时候雾气绕在平原的树林间。远方的地平线，清澈的婴儿蓝，温情地裹着一抹羞红。

在九江下车，艳阳高照，知道没有雪迎接我了，我并不感到失落。我披着一身的雾去见砚台，我想她一定能在人群中第一眼就认出我。

到达桃花源已是上午十一点了。我跟随着几个当地人走过桥头，他们提着熟食和活鸡。

我不与任何人搭话，直奔青砖砌成的旧房子，屋前有酒缸，想必就是酿酒坊了。

或许是我去得不是时候，酒坊内人头攒动，每个人都在围观，两眼充满好奇，打量着锅炉。

我站在人群最后，有点不知所措。我害怕人多，也害怕我和砚台都没有认出彼此。

我开始踮起脚尖，脖子拉得很长很长，向里张望。这时，火炉前，也有一位女子抬头望向人群中，眼神穿过人群，最后落在我的身上。那一刻，我们四目相对，好像在心里说了许多悄悄话。

我向她招手，说道："北京的牧鸯。"

她也招招手，淡然地说了一句："牧鸯，过来坐。"

是啊，我们都没有激动，似乎不需要任何的开场白。她就是我心里的那个她，一切都很坦然。

我走过去，靠近她坐着，炉火烧得正旺盛，火星四溅，酿酒的锅炉冒着蒸汽，新酒从竹筒里流出，一滴一滴落满酒缸。酒香浓郁，飘出十里开外。

品一壶上乘新酒，需要时间也需要耐心。

她随手递给我一杯热酒，我接过，轻轻品尝，不敢大口喝——我不能这么随便地对待她千辛万苦酿出来的酒。她酿的每一缸酒，都融入了她的喜怒哀乐，喝完她的酒，我自然是理解她的心思的。

我不曾对她说谢谢，感谢她酿酒请我喝，也不曾表达我的情意。我只是静静地端望着她。

有一种情感是，越喜欢，越舍不得说出口，越自持。总觉得过于喧哗的事物消失得太快，如人间好时节，朱颜留不住。

喜欢她的人那么多，我能不能做那个静默相待，不动声色的人？

她很忙，忙着与前来喝酒的读者打招呼，与旧友寒暄，还要照顾到慕名而来的各路领导。

但她依然很留意我，记得我在她的左右。我们言语不多，却能感受到彼此的气场是强烈吸引的。

午间在溪边与前来的“酒徒”们共进午餐，一同饮酒。举杯时，她说：“牧骞是一个很有才情的女子，她写的文章每篇我都看。”

那一瞬间，我脸红起来。她这么说，我真的感到难为情，因为我写过许多自己都不愿意读的文章。看来往后定要至情至性去对待文字，不能随意怠慢。

日渐西山，天空暗淡下来，山里的夜色更撩人。我站在桥上，听溪水流过的声音，凝望着落日。在这连绵黛山之下的夕色中，晚风拂枝，听小砚的箫声，一杯热酒尽余欢。

我总会想，在这“无车马喧”的桃花源，流淌着千年时光，有谁来过，又曾被多少人凝望过，留下怎样动人的传说？

张小砚在桃花源酿酒，与天下有情人共一醉，多年之后，大概也能称得上一个传说。

夜里，有人坐在炕上闲谈情史，有人坐在酒坊里喝酒宿醉，还有人生炉子烧烤。氛围很融洽，那些欢乐像一出出戏，那一出刚唱罢，这厢唱得正酣。是一场大梦，还是几度秋凉，早已无人追究。

前来的人，如一个个风华无限，继而又寥然退场的绝世酒徒。

围炉夜话时，砚台坐在我身旁，头靠在我的肩上，抬头看夜空的星云，她说她喜欢云。我亦如是。我喜欢云水、山岳、大海、白雪等一应可以冠以“茫茫”的事物。

我好想一直和她这样，在月亮里坐下去。月亮很安静，夜还很长，一边喝酒，一边寂静无声，只听风云变幻。我们谈论一个话题，好像不会有天亮那样聊下去。

有那么一瞬间，砚台眼神扑朔迷离，被火光衬得更加自然朴素，我脑海里蹦出一个场景——不晓得是哪本物语里写，一个情人赶来话别，彻谈整夜，“残月的光辉照亮了中将离去的身姿”。就聊到那时候才好。

那夜，我们挽着手，踩着清冷的月色去散步，在皎洁了千万年的月光下漫不经心地说着话，便已经道尽了那层微妙的关系。

砚台和我说着喜欢的树木、月色。我想，这就是浪漫啊。浪漫就如我们喜欢的云、水、树木、花开，应该是云的形状，是树的倒影，是微风吹醒蝉鸣，是炊烟与月影遥相呼应，是泛舟西行不问目的，是清晨披了一身雾来见你，与实物无关，与什么都无关。

挽着砚台的手，我会莫名想到那句“今人不见古时月，今月曾经照古人”。我们走过的那条路，也曾是砚台走过无数遍的路，月色也曾照亮她的脸。

她还是与从前一样，有趣，很有魅力，还有抵挡不住的才情、徒手创造生活的能力，也只有桃花源这样的地方才能与她相配。

我想此桃花源是她曾写过的心目中的桃花源：

近泉而居，远世上人家。读闲书写小文，若有暇，春天种几株桃花，采新鲜做酒曲，秋来酿几缸酒，若有余便卖给村邻。有闲钱，再养匹马代步，可以骑马去遥远的镇上取邮件。回来时，马儿若是疲乏，便牵它步行，沿溪而上。明月高悬，无人言语。远远望见桃花，便到了。更可缓辔而行。

这样美的地方，当真是“人生贵得适意尔”。

翌日清晨，我爬到屋后的山上，只想与桃花源的一草一木多待一会儿。

许久不闻山间清风，也不介怀久等夜间长梦，关于我们的再相会，我对着一棵树许下了心愿。而岁月待人，厚此薄彼。大家忙碌着生，我也困惑着活。我想啊，道别与再会，慢慢便学会安之若素。

黄昏，我们坐在桥上对酒当歌，唱“红尘多可笑，痴情最无聊”，听砚台的箫声《春歌》，无尽深意，几许情长。

砚台在我耳边说：“牧鸯，你是很美丽的人哪。”

我羞红脸，低着头，轻轻说一句：“我不善言辞，不爱讲话，也不会表达自己。”

砚台说："不需要说，我懂，你也懂。有些气质是互懂的。"

亦如清晨，我从山上下来，砚台问我："牧鸯，你穿长衫吗？"

然后，她跑去屋里，将她的长衫拿出来，亲自帮我穿上，在她系扣子的瞬间，我好想抱一抱她。后来我在朋友圈写道：

"砚台亲自给我穿上她的长衫，我好像要出嫁了。离别时，有女生哭红了眼，我站在一旁，静静地看着。上车时，小砚站在桥头，冲着我们喊：'死之前，我们一定要再见一次。'突然就无声无息地湿了眼，泪落衣衫。世界的微尘里，时间经过，就是一程一程。"

桃花源的热闹在那个黄昏退去前已经散尽。早年读《归去来兮辞》，"怀良辰以孤往"，尚觉得有几分寥落，如今只觉得坦然通透。想必小砚也是最清楚这其中滋味的。

唯有遗憾的是，在离开时，也不曾等来雪。到底还是有所期待，期待下次见面，是大雪天。

稍后又想，这世上不能实现的愿望有那么多，我已足够幸运，喝过砚台在桃花源用天下第一泉酿的原浆糯米酒——张小砚的酒，不应再觉得，未曾与砚台一同在雪后的桃花源，沉默地共抽一支烟，是多大的遗憾。

这么些年，行走江湖，常独来独往，我没有告别的习惯，来去自如。与小砚告别时，我终究还是伤感了。在回程的火车上，翻开项脊生的《归程小记》："予每北上，常翛然独往来，一与人同，未免屈意以循之，殊非其性。"

如今，在最想你的时候，多了一个见你的理由。我永远永远记得，那天暮色时分，离去时，你喊："死之前，我们还要再见一次！"

桃花源之春

1

这个春天，我在桃花源住了十六天。第十七天的清晨，背着一台电脑，一台相机，一支箫，一把伞，出山去。走在崎岖的山路上，风穿过松林，领着无边的雨。

桃花源多雨，或许正好赶上雨季。在那儿住了十六天，有十天全天在下雨，还有半阴半雨的三天，真正的晴朗天气不超过三天。春雨绵绵，雨落在瓦上，像瀑布似的掉下来。站在廊檐下，能望得出神。雨多，石阶滋生了些许苔藓，青嫩嫩的，透着顽强生命力。

我所说的桃花源，位于庐山南麓，在群山之中，是“结庐在人境，而无车马喧”的清凉之处。那一处，有山泉、溪涧、桃花，还有人家，是群山深处唯一有人间烟火的地方。

山的深处，从天而降的泉水，被茶圣陆羽称为天下第一泉——谷帘泉，被群山葱茏的绿意环抱。春雨过后，溪涧的水化作瀑流，从酒坊门前流过，日日夜夜，声势奔腾。

我去桃花源，因为那里有砚台和她的酒坊。一为见砚台，二为喝天下第一泉酿出的原浆酒，三为种一棵桃花。

住在桃花源的那些天，时间过得像慢镜头，体验到，山中无甲子，人间日月长。

每日清晨，五六点钟的光景，我便醒来了。山中清寒，即便是三月中下旬，空气依然冷冽。晨起，掬上一捧山泉洗脸，沁凉沁凉的水，乍一触碰，几乎觉得冰人。

我喜欢凌晨五点钟的时间，人间还在梦中，晨曦在早起人的脸上醒来。远处的青山烟雾袅袅，仙境一般。即便没有这烟雾婀娜，我依然断定，山中的春，便是人间好时节。

山居岁月，时而断电，时而无信号，红尘喧扰似乎都被隔绝了，一颗心自在无碍起来。

2

在山中，每天生活简洁。

下雨天气，白日里闲暇无事，看看书，练练书法，打打牌，发发呆，四处闲逛——去上村的阿姨家蹭饭，或去老李家的“皇宫”喝酒扯淡，要么，整天想着怎么抓阿德（酒坊的一只老鼠）和野猫……

好天气的日子，砚台会带领我们修剪桃树枝；独自一人时，我会蹚过溪涧，去酒坊屋后的高山拾干杉枝，做饭生火时需要。

有天傍晚，一位骑着摩托车的大叔在溪涧对岸吆喝：“辣椒苗、茄子苗……”讲的是当地土话，我一句也没听懂。砚台听懂了，拦了下来，买了几捆辣椒苗和茄子苗。第二天的傍晚，我将菜苗栽好，酒坊终于有一块像样的菜地。

春分那日，我种了两棵桃花树。说不清楚为什么种了两棵，他们笑说，桃花运太旺，会招来烂桃花。桃花运是要的，我更希望的是，能多结些果子。从开花到结果，不知道期间会发生什么故事，这段过程值得期待。

我想，终有一日，我会和那个一看到他就笑意浮上眼底，无论说什么、做什么都明白其心意的人，坐在桃花树下春眠。

桃花源的夜里，格外令人心安。它是寂静的，像远去的时空。我们会饮酒、围炉夜话、吹箫……

夜里回屋，如遇停电，点上三两盏烛火，火光摇曳，昏黄昏黄，格外温柔，像往事一样。夜深了，吹熄蜡烛，枕着松涛，还有透过木板缝隙传来的鼾声或絮语声入眠。起夜时，也不需要灯火照明，或星光，或月色，都清朗明亮，皓如霜雪。

我住的那间房，在楼上的右边，地上铺了一层木板，我和阿泽搬了一个木箱子和一条木凳上去。箱子是那种旧式的翻盖箱子，我拿来当桌子用，在箱盖上铺了一条茶巾，再摆上一个粗陶瓷罐子，盛满水，插了几枝山里的桃花。不用出门，也有诗和远方。

临走那天，我给房间取了一个名字：苏州河。当然，我还在苏州河留下一个秘密，当作是送给后来去住的人的一份礼物。

这样的日子，连时光都似乎被抚平了褶皱舒展开来。

3

酒坊不断有人来，谈笑有鸿儒，往来也有白丁，还有真正的酒徒。虽身在山中，门庭却不冷落。

人来人也去，甚好甚好。喧闹几日，清寂几日，此消彼长。

有时，从外面来的人，坐在火炕上，谈天说地，天马行空，刹不住车，比如与砚台相识多年的周师傅；有时，来人众多，挤在“室雅人和”的那间屋子里，我喜欢坐在角落，听他们吹牛皮。

来酒坊拜访砚台的众多人中，印象深刻的要数周师傅。周师傅是一位奇人，好于道，痴于武，嗜于文。他来的那天，我正好醉酒，在床上生无可恋地躺了一天，第二天才和他真正有接触。早晨醒来，他在屋子里来回踱步，我从阁楼一角冒出半个头，向他问早安。

他教砚台和酒坊的人练棍，从此酒坊便有了棍。砚台对学习新事物充满热情，永不知疲倦，就是不常坚持，或许她爱的是那股新鲜劲。有句话说，新鲜如初，热泪盈眶。

周师傅来的第二天晚上，依然下雨。夜深人静，大家围坐在火炕上，讲从前的故事，主要是周师傅讲，我们静静地听。偶尔，砚台也会插讲一段有深意的话。从女人聊到禅宗，那些发生在岁月里的逸事，成全了当下不无聊的夜。

犹记得周师傅说，在终南山修行，养飞禽走兽，送给砚台……我的睡意渐渐袭来，只记得鸽子和鹤，或许因为我比较喜欢这两种鸟类，渐渐远去的声音里，总听到它们的叫声。

周围的人都困倦了，最后变成周师傅与砚台的对话。这场对话，犹如高人之间的四两拨千斤，真叫人喝彩。《与神对话》中有一句话说：如果不能成为别人生命中的礼物，就不要走进别人的生活。

我想，周师傅与砚台，他们是最温柔的灯塔，令人无所畏惧，朝着灯塔前进的人，只会越来越多。

在老李家吃饭时，砚台问我：“牧沯，你有没有觉得我很江湖？”

那一刻，我想起砚台在她的书里写过：江湖，只是路上的一个梦。

而这个梦，还在延伸。见过周师傅，他的风趣幽默、能屈能伸，撑起了可文可武的魅力，也让我见识到什么是真正的侠义。我本以为，当下社会，不再有义薄云天的侠客了。

我曾说，古龙的江湖远去了。可周师傅的江湖还在，那是一个有道义精神的江湖。

那晚他说过许多话，再没有任何一句比这句更令我震撼："我们是自然之子，不需要惧怕任何。"当然，从他身上，我也学到了"与这个世界调情，和与一个人调情是一样的"。

4

在桃花源，像这样的围炉夜话，是家常便饭，不经意间，让你醍醐灌顶。有天夜里，夜已经很深，我在阁楼上看书。阁楼下，姑娘们在讲自己的故事，讲各自的人生境遇。

我喜欢听她们谈自己的经历，愿意分享关于成长、情感的人事，更愿意自省、接纳、吸收。

白天的欢闹回归寂静，青瓦砖房里，灯火摇曳，雨不知何时停了，夜空云层如被，星星忽明忽暗。

砚台的朋友从黄山来，为她带来了窦唯的新专辑《山水清音图》。围炉夜话时，有酒有音乐，还有故事下酒，清音层叠交错，悠扬洒脱，熨在心口。

那些日子，绵绵不绝的雨，好像落不尽。有很多人来了又走，姓甚名谁也不再重要，还没来得及细看，便擦肩而过。我常坐在溪边，或桃花树下，看蝴蝶飞过溪涧去。风雨过后，花瓣铺满一地，又被水浪带走。

来来去去的人，又是落花时节，不免想起“落花时节又逢君”。然而，或许，我的君即是我自己，每次在路上我都与自己相逢。

5

有天下午，桃花源终于迎来了大晴天。晴空朗朗，碧空如洗，春风吹得人发痒，桃花开得烂漫。我坐在茶台前，金戈坐在我对面，一首悠扬的旋律响起，我沉醉其中，便问金戈，是什么音乐？

他将音乐分享给我，是神秘园的*Nocturne*，另外一个版本的演绎。那些天独处，我不断循环播放*Nocturne*这首曲子，因为，我从音乐里听到了一个完整的故事。

听完这首曲子的夜里，相约来桃花源种桃花的“酒徒”们都走了，连平师傅与平嫂都回家了，只留下砚台、马骝和我三位“空巢老人”驻守酒坊。

三人喝酒到半夜。在这之前，我已经醉过两次。第一次醉，是在第一次出春酒的那晚；第二次醉，是周师傅来的前夜，在老李家吃饭。第二次醉酒后，我发誓戒酒。当然，这样的话，没有人相信。

深夜，三人的酒后谈话节目也已结束，我独自留在酒坊盛传已久的“鬼屋”睡觉。马骝去隔壁那栋屋子睡觉，走时对我说：“凌晨三点，遇见‘他’请打个招呼。”说完，便关门出去了。

我睡在“鬼屋”，躺在床上，马骝又连发几条信息：“如遇什么事，发视频呼叫我，我立马冲过来。”我没有回。他问：“人呢？”

他还是担心我一个人睡“鬼屋”。马骝作为酒坊的二当家，做到现在这般关心“弱小”，可真仗义。

凌晨一点二十分，开始下雨，雨珠噼里啪啦打在青瓦上，就好像落在我耳边，声音很美妙。我辗转难眠，耳朵里不断传来周师傅的那句“我们是自然之子，不惧怕任何”。

在黑暗中摸出手机，循环播放*Nocturne*，赫拉巴尔的一段话在我脑海里弹幕般来回滚动：“因为我有幸孤身独处，虽然我从来并不孤独，我只是独自一人而已，独自生活在稠密的思想之中，因为我有点狂妄，是无限和永恒中的狂妄分子，而无限和永恒也许就喜欢我这样的人。”

6

月末的一天，砚台离开酒坊出山，去隔壁县的山里种桃花；平嫂身体不适，平师傅陪她去城里看病；马骝还在火炕上养伤，因为湿气太重，关节疼。酒坊陷入一片寂静。白天，这样的静，从未有过。

外面下着雨，我坐在苏州河看《项塔兰》，常常忘记时光。偶尔，能听到屋前空地上传来零星的电锯声音，划破山谷，提醒着我还有一丝生气——那是三舅在锯木材。

中午时分，我下楼洗菜做饭，屋后的一个老伯过来借辣椒，我“哦”了一声——整个上午，就说了这一个字。

但我喜欢桃花源的清寂，常感到欢喜，因为在极静时，我会理清很多事情。就如有一次平师傅、马骝、风子皮去金戈那里搬东西，砚台在“室雅人和”的屋里写字，我和吉祥物坐在火炕上，有一搭没一搭地谈天，那么一瞬间，我明白了余生想要做的事，且无比坚定。

有天夜里，砚台问我：“牧斖，以后你打算做什么？”

我当时含混答了一句：“开一家酒馆，只卖你的酒。”只是在心里又多增加一句：“能一直和你在一起吗？”

入睡时，我认真思考起未来，我会定居苏州，做摄影和民宿，最好能在民宿里卖张小砚的酒。

那么多闲暇时光虚度，看似无用，可正是这些无用时光，串联在一起，像一串串水晶，流光溢彩，让我坚定地找到了方向：人生还是要搞点事，才有乐趣。

我不曾感到虚度时光可耻，至少春光不被辜负。这是刻骨铭心的记忆，这样的体验，不常有。生活需要亲自去体验才最珍贵，会融进血液，陪伴我走过以后的漫长岁月。

7

今日坐在窗前，望着窗外山林出神。我已从一座山换到另一座山，从一个村换到另外一个村。恰巧翻起一本词册，读稼轩，读到“青旗卖酒，山那畔别有人家。只消山水光中，无事过这一夏。”

我想，只消山水光中，无事过这一春，也极好的。桃花源之春，我会想念一辈子。

这样的活着，余生所有的不幸都可以原谅。

你的城市，我来过

这是十一月，

我摘了一束芦苇藏在你的口袋。

芦苇荡的剪影下，

有一个爱笑的人，

她凝视着你并且微微笑着。

1

我到达武汉的时间为清晨六点四十分。站在出站口，看着不远处一束阳光正好洒在地面，虽然阳光并不强烈，却也能感到温暖。钗告诉我，我来之前的几天，武汉一直都是低温天气并且没有阳光。我庆幸自己的到来带来了阳光，我这么安慰自己，有阳光就不会觉得冷。

中午，我见到了青青，在武汉的王家墩东地铁站出口。我认识她很久了，却是第一次见她。我见过她的相片，也曾无数次幻想过她的样子。见到她之后，我有点惭愧，因为我把她想得不如本人好看。

在地铁站等她的时候，我站在街边漫不经心地看着路人，这也让我察觉到武汉多美女，是那种让人眼前一亮的美女。

青青带我去参加了一场喜宴，按照她的说法，我理解的是一桌好朋友坐在一起吃顿饭。当我们到酒店，进入喜宴房间，我傻眼了——满满一屋子的人。门口一桌人的目光炽热，都盯着我俩看。我赶紧躲在青青身后，不敢与他们的眼神交汇——这顿饭我是蹭来的，实在心虚，生怕别人揭穿我不是主人的亲朋好友。

我们迅速坐在主人安排好的位置，青青也不认识同桌的其他人。这场喜宴虽没有仪式，也没有很大的排场，但我和青青还是感叹，人可真多。

其他人都在敬酒，我不敢到处张望，只顾低头吃菜。一桌子美味佳肴，味道也是我吃过的酒宴中最可口最美味的，倒是便宜了我。当我看到桌上的炖猪脚，我偷偷笑起来。

青青问我笑什么，我告诉她，我在川藏线上认识一个叫气泡的女子，她最喜欢吃猪蹄，她的吃货事迹已经传遍了川藏线。

青青说了一句："小牧，真羡慕你的赤诚。不管在何种环境下，始终记得朋友们的特点。"

我笑而不语。

2

下午，我和青青去了汉口江滩的芦苇荡。我们散步于芦苇荡深处，没去之前，我以为这地方不过是长江边上的一处荒芜的小芦苇滩，深浅不过膝，没想到深处的芦苇荡甚至能遮住天空。

以前上大学的时候，有一个武汉的男生和我说过，坐在长江边喝酒，看“落霞与孤鹜齐飞”，是一种非常美的意境。我问他：“你去长江边喝过酒吗？”

他说：“我家住在长江边，每天都能欣赏这样的美景。”

毕业后，我与这位男生失去了联系，一直没有他的消息。现在的长江边，已经看不到诗句里的美景了，他是否知道？

坐在芦苇丛里，此刻，若有一壶酒，与青青对酒当歌，该多惬意。虽然看不到孤鹜，能看夕阳落在长江的尽头也是好的。

青青站在一处芦苇荡，摘高处的芦苇，把芦苇扎成“花束”。她认真摘芦苇的模样，温暖明亮，好像回到无忧无虑的童年，就像三毛书里说的那样，“记得当时年纪小，你爱谈天我爱笑”。

成年的我们，已经偏离了当初的愿景，但是我们都会上岸，阳光万里，路边鲜花开放。

这个秋天，以我见到你开篇，从前的秋，好像没有这么美。

3

昙华林没有我想象的宏伟古老建筑，半旧的房屋规划成小清新的气质。昙华林的风格与鼓浪屿岛上的风格很像，有点不同的是，这里一半是小资气息，一半是百姓人家的气息，我还是有点喜欢的。

我和青青静静地走遍昙华林的每个角落，什么也不寻找，只是聊天。从昙华林回去后，我才知道在昙华林能看到黄鹤楼，但我没有看到，或许我们走的角度不对。

我也不愿意按照别人的路线走，我喜欢无意间发现的惊喜，不想成为一个复制品。有些地方，去与不去，也没多大关系。我的行走，不是展示给别人看，是自我认知，自我消受。

晚上，青青带我去了她读研的华中师范大学，我们在操场散步。

青青突然问："你还记得江涛吗？"

我停顿了一下，才说："记得。"

青青又说："我还是忘不了他。"

我不知道如何接话。其实，青青认识我，也是因为江涛。我去云南游玩，与江涛结伴，与他在社交平台互动也比较多。等我从云南回来，有个女子加我，她就是青青。

她先看完我所有的文章，每篇都留言，再夸我有才气人漂亮，然后拐弯抹角提起江涛，她告诉我，她是他的大学同学。她一提他的名字，我什么都明白，只是没点破。

这件事情，我没有和江涛说，只是渐渐淡出江涛的视线。我原不喜欢青青以这样的方式出场，来到我的生命里，但她对我又十分友善，常送好书给我，我对她实在没脾气。

青青见我没说话，又说了一句："小牧，我好佩服你。"

晚上，我做梦了。梦见被一群人追杀，我在水上走路，到达江的对面，江涛戴着一顶草帽，站在那里。他冲着我笑，然后说："我想不出来第一次看见你的时候，你穿的衣服是什么颜色，是晴天还是雨天，因为我从未想到那天之后，我会喜欢你。"

我惊出一身冷汗，突然睁开双眼，四周一片漆黑，只有从窗户洒进来的若有若无的灯光，还有旁边睡着的钗。她动了动身，我也随之翻身，再次进入梦乡。

想起在尼泊尔，去国际机场，我感伤地说了一句："要回国了，想见的人太多，总觉得见不完。"

二大爷紧接着答话："你还是别去见了，见一个伤一个。"

人生在世，伤人或被伤，难道还少吗，旁观者又知几分。这世上没有人能够与你感同身受，与其要一个安慰，还不如听一个笑话解闷。很多事情就像黑夜的树枝，要凑近看，才看得到背后的花。

4

午后，我坐在钗家的阳台上，一边晒着太阳，一边看一本散文集，而钗躺在床上翻着手机。屋子里非常安静，这种温暖美好而细碎的时光是我非常享受的，并且期待永恒。这时候，我的手机铃声响了，来电显示，是青青打来的。

我晚上的火车，她打电话给我，算是送行。我不希望有人去车站送我，我也不喜欢去送人。我们出生到这个世界，从来都是一个人来一个人去。

我拖着行李箱，一个人去了火车站。武汉的十一月，大街小巷都散发着浓浓秋味，亦如我的家乡，满街金黄的树叶告诉我这是深秋的尾巴，早晚冰凉的天气昭示着初冬的到来。

我喜欢深秋的阳光，像棉花一样软。这次到武汉，没有遇见霸气的武汉司机与公交车，亦没有遇见特别极品的人事。安然地与它接触着，却发现武汉是一座灰色格调的城市。长江与汉江包裹着的城市，是一座带给我美好印象的城市。

就此，告别。

那女孩对我说

1

大一新生军训，大家互相不熟悉，第一次点名，点到“蒲公英”这个名字，是一位男生喊的“到”，大家都笑哈哈的。我站在第一排，对这个名字的主人也充满好奇，四处环顾，想要看看庐山真面目，要多么空灵隽秀才会配得上这个名字。没想到，因为这个，教官罚我围着操场跑步一圈，理由是，点名时我不专心。

时间一久，我和蒲公英认识了。蒲公英是一个非常内向的人，走路时常低着头，还有点呆萌。他的形象给我的感觉，有点像袋鼠，和他的名字相差甚远，我甚至有点失望。

我和蒲公英虽然是同班同学，但一个学期过去了，彼此都没讲过一句话，因为不是一个路子的人，互相就没有来往。

第二学期的春天，班长策划了一个野炊活动，还要求每个人在野炊时表演一个节目。我这种无任何特长技能傍身的人，遇到文艺表演的活动只能认栽，所以早已准备好受罚。野炊活动共分为五个组，每组八人，老天喜欢开玩笑，我和蒲公英分到一组。

很快到了表演节目环节，轮到我们这组，大家你看着我，我看着你，没有一个人起身。眼看着要集体沦陷，蒲公英突然站起来，说秀一段街舞。

他从背包里拿出一个小音响，自己备好舞曲，非常狂野地来了一段舞蹈，没想到，跳舞的蒲公英真有男人气概。他跳完之后，班里同学直呼深藏不露，而我想的是，一个那么内向的人，平常会在哪里练习舞蹈?

因为有蒲公英坐镇，我们这组免去了受罚之苦。

中午大家一起做饭，男生们都带了啤酒。几瓶啤酒下肚，年纪尚浅的他们不胜酒力，一个个开始胡诌别人的八卦，聊喜欢的姑娘。其中一个男生问蒲公英："街舞跳得那么好，有姑娘喜欢你吗？"蒲公英只捂着嘴笑，然后摇了摇头，说："我有喜欢的人。"

我顿时八卦心起，于是问："哪里的姑娘？"

蒲公英说："她今天就在这里。"

大家一听，兴奋得不得了，像是得到什么重要的情报，一起起哄，逼得蒲公英没法躲藏，他咕咚咕咚又喝了一瓶啤酒，说："远在天边，近在眼前——就是你。"

他指着我。

当时我就懵了，真是挖坑把自己埋了。我们那组成员又是一番起哄和取笑，还要罚我喝酒。

宿舍的室友知道这件事情之后，一有什么事情就找蒲公英，像半夜想吃零食或烧烤，找蒲公英，报我的名字，他准能从学校门口买来送到女生宿舍。奇怪的是，他反而不怎么和我说话，也不敢约我，只是经常送些奇奇怪怪的东西给我。

他送了一台小风扇，从外形看，是非常普通的一款风扇，甚至有点陈旧，我完全没有兴趣，就把它扔在床底下；送存储罐，里面藏着521个一毛钱硬币；还送过一把定制的倚天剑；最贵重的一个礼物是，他用在五金店淘来的小零件做了一辆哈雷摩托车模型，大概巴掌那么大，拎起来却有两三斤重，有点吓人。

他送来的这些东西，没有哪一个不被室友吐槽的。她们不开心的时候，一见到我桌子上他送的那些东西，就笑得肚子疼。我也不知道他的用意，真没有遇见过一个男生送的东西这么奇葩。

又过了很久，他终于敢和我说话了，我问他，为什么送那么奇怪的礼物？他说："你应该喜欢的。"

可是我不喜欢啊，我有些无奈。他问我喜欢什么，我说我喜欢盆栽，他若有所思。

果然，在快要放暑假的时候，他送了我一盆栀子花，我收到的时候，已经开了三朵花。他每天晚上打电话来问我开了几朵，我被问得不耐烦："花开几朵有什么关系？"

他说："哦，买回来后我已经养过一阵子，我观察过，一周开一朵，开到第五朵，我们就要放暑假了。"

这是什么逻辑？

可惜的是，放暑假的时候，栀子花还是只开了三朵花。等到开学回校的时候，栀子花已经枯死了，我连盆带枯枝一起扔在宿舍过道的垃圾桶里。

有天晚上，蒲公英打电话来问："栀子花还在吗？"

我说死了。

他沉默了很久，说唱一首歌给我听，他在电话那头唱："心很空，天很大，云很重，我很孤单，却赶不走。捧着她的名字，她的喜怒哀乐，往前走多久了……"

这首歌我还是第一次听，歌词写得像情歌。蒲公英唱后，我又在电脑上听完原唱，是一首旋律非常普通的歌。

我问他："为什么唱这首歌？"

他说："没有那么多为什么，只是喜欢。"

后来没有缘由，我渐渐疏离了他，但他依旧如从前一样待我。

毕业后他去当兵，一直在四川，现在还在部队里。有一年，他利用探亲假来看过我，我们坐在一起，依然没什么话说，一直如此。

或许真的是气场不和的两个人，说什么都显得多余。他笑着问我："还记得那把风扇吗？"

我在记忆中搜索了很久，终于想起来，说："记得。"

他说："倚天剑呢？"

他不提这些东西还好，一提，我就止不住地想笑。

他问："都还在？"

我告诉他，虽然认为那些东西显得笨重而又不知所以然，我还是很珍惜，毕业后带回老家，一直在。

他笑了笑说："那把风扇是我亲手改良过的，风扇插电转动起来，你会看见一行字。"

我听后非常吃惊。他又说："你喜欢看武侠，也喜欢郭襄，你和郭襄是一样的。"

原来送倚天剑是这个意思呀。他难道希望我像郭襄一样，骑着"毛驴"（哈雷摩托）追求真爱不得时，也去寻一座山头削发为尼？他说在风扇里放了一行字，那倚天剑里不会写下什么诅咒吧？这些年我情路不顺，莫非和那把倚天剑有关？

过年回家，我去放旧东西的小仓库里，翻找那把风扇。找出来之后，将它插电，只可惜已经短路，完全不能转动，我让老爸帮忙修理，怎么也修不好。我爸奇怪地说，大冬天的，吹什么风扇？最后只能不了了之。

有些事情都过去那么久了，就算知道那行字又有什么意义。人嘛，只不过是好奇而已。

只是没想到他一语成谶，直到现在，我依然独自飘零。现在回想起来，他可真是一个聪明的人，早已洞穿了我的内心，难怪没有争取要和我在一起。他对我好或许只是比较欣赏我吧。去年听到他大婚的消息，好像现在已经晋升为一名有级别的军官了，想来还真是双喜临门。

2

大二的时候，我认识一个叫杨柏的男生，高高瘦瘦，戴着一副眼镜，很斯文。他经常逃课，这样的男生与我也不是一个世界的人。只因杨柏的好友徐炜在追我的好友李臻，每次他们去逛公园，李臻都会拉着我一起，杨柏也会在。一来二去，见面次数多，就熟悉了。

杨柏也是一个不多话的人，我似乎天生与这样的人缘分不断。每次我们四人出去玩耍，李臻与徐炜走在前面，我和杨柏走在后面。他们在前面嘻嘻哈哈的笑声不断，偶尔还能听到李臻撒娇的声音，我和杨柏就显得非常尴尬。我也不知道李臻哪根筋搭错了，非要我陪着她谈情说爱，我和杨柏这两个大灯泡加起来有一万瓦那么亮。

我们就像两个哑巴，除了偶尔冒出句“那个人穿衣服好奇怪”“那栋楼怎么破烂成那样了”之类没营养的话，就是沉默，再也找不到其他话题。

有次，杨柏主动要我的QQ号，虽然面对面话不多，在QQ上聊天却非常风趣。渐渐地，我觉得杨柏这个人还真的挺有意思。这样一来，聊天也就多起来。他很喜欢唱歌，虽然没听他唱过，通过聊天，我能感觉到他对唱歌的热爱。

没过多久，他搬出了学校宿舍，住在离学校不远的一个小区里。他经常翘课，因为在外面找了兼职，搬出学校更方便他去做事。

李臻时常约我去杨柏的住处吃饭，没想到杨柏做饭的手艺还挺好，会做的菜也很多。每次吃完饭，我们称赞他手艺一流，他都没什么反应，这时的他与网上聊天的他完全判若两人。

梅雨季节如期而至。端午节，杨柏请我吃饭。我推门进去，李臻和徐炜，还有几个其他系我不认识的男生在房间里坐着。杨柏做了一桌的饕餮盛宴，其他男生去买了酒。酒足饭饱之后，一群男生在杨柏的房间打游戏，李臻和徐炜早已不见踪影，只剩下我一个女生，觉得索然无味，加上我也喝了几瓶酒，有点不胜酒力，头晕乎乎的，就提着一个酒瓶子，没与任何人打招呼，走出门外。

天空下着小雨，我不管不顾，一边走一边哼着小曲。走到半路，发现杨柏撑着伞跟在我后面，我转过头对他说，不要跟着我了。他好像没听见我说的话似的。等我走到学校门口时，杨柏跟上来，拦住了我，他大声地说："我有话和你说！"

他这样一喊，从正门进进出出的人都围过来，我当时真有种作死的感觉。

他把我拎着的酒瓶子夺过去，对着酒瓶子开始唱："那女孩对我说，说我是一个小偷，偷她的回忆塞进我的脑海中，我不需要自由只想背着她的梦，一步步向前走，她给的永远，不重……"

唱完之后他说：“我想和你在一起。”

围观的人都在鼓掌，他们都嫌事不大。雨水早已打湿了我的头发，我眯着眼睛听杨柏唱歌，就是蒲公英唱的那首，一时有些跳戏，所有的尴尬和窘迫一扫而空。

我感觉，我天生就与一般人不同，总会遇见一些狗血奇葩的事情，连被男生们表白，选得方式和唱的歌都一样。

我对杨柏说：“你喝醉了，我也是。”

说完忙不迭地跑回宿舍，蒙在被子里呼呼大睡，什么都不愿意想。等我睡醒，李臻不知道什么时候回来了，她说真没看出你和杨柏有这样一腿。我没好气地说，那是杨柏一厢情愿，我也没看出来。

杨柏试图努力过，但我有意疏远，他也就渐渐放弃了。这件事情就这样不了了之，没有结果。

毕业后的第五年，我在广州遇见过杨柏，他已然和学生时代不一样了，变得健谈和成熟。叙旧中得知他在经营一家IT公司，我打趣地说：“当老板了？”他谦虚地说：“一个小公司，不值得一说。”

这次一别，他要了我的联系方式，却一次也没联系过我。有了微信之后，他加过我，我更新朋友圈，每一条他都点赞，却不说什么。或许，我们之间的关系也只能停留在朋友圈点赞的情分上了。

3

认识尹志平，是在大三的时候。看到这个名字，有一点穿越。他和我说过，因名字和《神雕侠侣》里的尹志平一样，不知道被多少人嘲笑过，他已经麻木。

我们是在一个饭局上认识的。他的头发微鬈，笑起来有点混血的气质。我和他的故事简单得多，可能只是双方懵懂有好感，并没有其他特别的想法。我们认识一年有余，平时也就是一起吃吃饭，一起去图书馆自习。

劳动节放假，宿舍室友都和男朋友出去“放风”了。我一时没活动，在宿舍连睡了两天。晚上尹志平打电话给我，约我去操场散步。

我正愁不知道如何打发时间，就欢快地去了。我们围着操场转圈，走累了，他说去草地上坐坐。坐下来，他从裤兜里摸出一把口琴，我吃惊地问：“你还会吹口琴？”

他说：“不要小看我。”

暮春初夏，晚风习习，听一首曲子也是难得的惬意。

他吹了一首曲子给我听，我越听越觉得耳熟，但一时想不起是什么歌，问他，他说：“那女孩对我说。”

我拍了拍额头，连“哦”了好几声，顿时就想起蒲公英和杨柏来。真是见鬼，我怎么与这首歌这么有缘分。我的一生或许遇见过无数的巧合，但再也没有一件事情，能有这么奇妙的了。

那天之后，我不再与尹志平来往，总觉得一旦与那首歌有关系，就不会有什么好结果。尹志平一时搞不明白到底做错了什么。我是不会告诉他，因为之前有两个男生向我表白时，已经唱过那首歌了。

4

这些年，我与他们渐行渐远。我的生活里，每一天都会有那么多的事情发生和结束，因为单身太久，我的一举一动都会牵引着家人和好友们的关心，有时候做的一些决定会让他们难过。

每个人都沉浸在自己细微的情绪里，过后又通通都记不清晰。那些经过我的人，像一张张逆光的脸或一个个雨夜的剪影，最后不知所终。

我筑一间竹里馆，一盏清酒慰寂寥，半壁山房待明月。

⋆ ⋆
希望那时候，有你在。

山酒酿山色

山酒酿山色

* *

树在山上开花，酒在树下沉睡。

⋆　⋆

所谓告别，即从前好过，
这是人间聚散，叫作花好月圆。

第三章

何以解忧，唯有艳遇

有你的才叫未来，没你的都叫余生

1

2012年深秋，我去腾冲看银杏叶子。原本一个人去的，没想到在火车上“捡”到一位骑自行车的美国男孩。英语差到极致的我，只好用手机翻译软件和他聊天。

快下车的时候，他坏坏地笑起来，字正腔圆地说着中国话，一字一句告诉我：到昆明了。

我当时真想打他呀，脸红到脖子根。原来他会中文，居然骗了我二十五个小时。下车后，我决定不再和他同行，大路朝天，各走一边。

他看我动真格的，背着行李包往前走，没有等他的意思，赶紧把自行车装好，骑车追上来。

他说：“我学生告诉我，昆明有一家旅行者客栈超棒，你要去吗？”

我问：“你怎么会有学生？”

他说：“我在中国教英语，我有好多好多学生。”

我说：“不准再骗我。”

他说：“成交。”

2

美国男孩太会交友，住在客栈里，很快和来自五湖四海的驴友成为朋友，我坐在他旁边就是一个打酱油的。晚上他们在客栈院子里抱着吉他唱歌，我什么才艺表演都不会，只会傻笑。

“你也唱支歌吧。”他这么和我说。

“我唱歌太要人命。”

他们根本不相信，非要逼着我唱歌。我实在不想破坏气氛，又不想把我的弱势展现得那么彻底，只好说：“我用长沙话朗诵一遍《沁园春·长沙》吧。”

他们欣喜不已，掌声雷动，搞得我好紧张。

“独立寒秋，湘江北去，橘子洲头。看万山红遍，层林尽染；漫江碧透，百舸争流。鹰击长空，鱼翔浅底，万类霜天竞自由。怅寥廓，问苍茫大地，谁主沉浮？……”

我还没朗诵完，已经惹来笑声一片，有人揉着肚子喊：“这是哪里的方言？你欺负我们不是湖南人，汪涵的长沙话可不是这样的，我们也是看过《天天向上》的。”

我还想好好逗一逗他们，没想到坐在一旁的一位男生突然站起来，用非常标准的长沙话大声地接着往下朗诵道：

“携来百侣曾游，忆往昔峥嵘岁月稠。恰同学少年，风华正茂；

书生意气，挥斥方遒。指点江山，激扬文字，粪土当年万户侯。曾记否，到中流击水，浪遏飞舟！”

有几位女生尖叫道：“真有才，和汪涵说的话一样，就是这个味儿！”

趁着夜色我偷瞄了他一眼——长得有点像任泉。

3

第二天早晨，我去露天阳台吃早餐，看到那个长得像任泉的男生一个人坐在一张桌子旁，周围都没有人。我走过去，冲着他笑了笑。

我问：“你是长沙人？”

他说：“我知道你不是长沙人。”

搭讪失败啊，我很没趣地坐在一旁，挺尴尬，进退两难。此刻，我若要离桌，岂不是显得特别没风度？如若不走，好像又非常掉价。看他一副拒人于千里之外的样子，真想找个地洞钻进去躲起来，这辈子都不要见人才好。

“听说你要去腾冲？”他突然问了一句。

“是啊，是啊。”我兴奋地答道，总算破除尴尬。

“一个人去吗？”

“嗯。”

“和你一起的那位呢？”

“哦，我们在火车上认识的，他突然要骑行滇藏线，与我不同路。”

“带上我没问题吧？”

“当然……没问题。”

我们一起去了腾冲，一路上他不多话，反而是我说了许多话，天南地北地海聊，谈到禅宗时，他突然有了兴致，和我说了许多关于修行的话题。

他说："终有一天，我会选择一个山洞修行，孤独终老。"

我说："开什么玩笑，帅哥去修行可惜了。"

他笑而不语。我想他可能也只是说说，或许向往那样的修身养性的方式，并不一定会真的去。

到了腾冲，我们远远望着金黄金黄的银杏村，美醉了，它是那样的耀眼，耀眼得让我不敢再继续看下去，我怕我这双沾满尘世灰土的眼睛染坏了那一片金黄的银杏叶。

夜里，我和他坐在村里的一家小酒馆喝酒。他真是一个不爱讲话的人，能不讲话就不讲话，常用眼神示意我。不过，他一个眼神，我却懂了，这让双方都很震惊——难道这就是传说中的默契？

喝完一壶酒后，我望着窗外的银杏树，悠悠地说道："不知道明天我们会去哪里，会不会各奔东西。今天的阳光，已照不到明天的树叶，而太多的明天的背后，只站着一个今天。"

"明天，我去东川。"

"我也去。"

"……"

"其实，我后面还有句话没有说：把握好今天，明天会拥有一切你所希冀的东西。"

"那你应该开心些。"

4

我们走到东川红土地时，正值傍晚，夕阳洒在红土地上，光色多变，格外壮观。

他放下行李包，轻轻坐在地上，开始盘腿。我看到他双腿盘坐时，眼睛瞪得很大很大——没想到他身体那么柔软，双盘动作那么标准，不会真的要去修行吧？

他扭头看了下我，我立刻会意，也跟着他做相同的动作，只不过，我连单腿盘都困难，坐得随意了一些。

我俩像两尊菩萨一般，望着壮观的红土地和夕阳，突然沉默下来。我稍稍扭头，偷瞄他，他盘坐在那里，微微闭着眼，向着夕阳，眼角竟然有一滴泪滴下来，仿佛是在对着我说，又好像是对着夕阳和红土地说："我好幸福，这样沐浴夕阳，这样的时光，真好。"

那一刻，我怦然心动。他，一定是一个有故事的人。

他要去西藏，我要回家，我们就此分道扬镳。我走的时候，他还是追上来，说："留一个地址给我吧。"

我睁大眼睛望着他，有点不可思议，难道他要给我寄明信片？

我回家半个月后，收到一封从拉萨寄过来的挂号信。

我展信读来，原来是他寄给我的。信笺末尾端端正正写着：乾玖。

明天：

我这么称呼你，不会介意吧？想必是不会介意的了。我已经到拉萨，坐在大昭寺广场上，天空很壮观，大朵大朵的云像混沌初开的样子。

如果云朵是大自然的艺术家，我好希望这位艺术家帮我在天空画一幅你的画像，这样我想你的时候抬头就能看见你。在东川红土地的时候，听你说喜欢格桑花，我特意去摘了一朵，寄给你。

不过你收到的时候，它一定压扁了。望开心。

乾玖

看完信后，我的心久久不能平静。我不知道他的用意，一切都很突然，像是隐忍许久，又像是突然开悟。

我想追问个明白，却苦于不知道他的地址，即便写好回信，也不知道要寄往哪里。当时我应该问他要联系方式的，现在真是懊恼不已。

5

没过多久，我又收到来自西安的一封挂号信，信笺末尾仍然是乾玖。

格桑花：

我已去过西宁，想给你寄信，因停留时间太短，来不及了。昨天在西安古城墙上时看你更新了空间日记，写得好美。我想我已经爱上了一匹野马，我不知道能不能成为你的那片草原。

你会不会等我呢？不管如何，初见已惊，再见依然。

乾玖

我很惊讶，他怎么找到我的网络日记的？我闭着眼睛，不敢想象。

后来的几个月里，我不断地收到他从郑州、武汉、长沙、南宁、柳州的来信，而他对我的称呼也从“明天”到“格桑花”，再到“红尘”“云朵”“谁主沉浮”“山歌”“螺蛳公主”，真的是一位心性单纯而又美好的人。

最后一次收到他的信，是从柳州寄来的。后来，信就断了。我找来一张中国地图，按照信件上盖戳的城市，一笔一笔连起来，当画过柳州，我退后一看，竟然那么像一个“心”形图案，我激动得哭起来。

差一笔，就是一个完整的“心”，那一笔，是柳州到昆明的距离。昆明，那是我们初相识的地方，难道他回到了原点？

他为什么没有再寄信来？他会在昆明等我吗？还是会来我的城市找我呢？

一切都不确定，他突然就消失了，我连他住哪里、做什么职业、真正姓什么叫什么都不知道。

我又等了一个月，还是没有收到他的消息，我再也按捺不住。我向公司请假，去了昆明，直奔当初我们相遇的那个客栈。

客栈老板还记得我，他说：“你终于来了。”

他好像知道我要来，我不解地问：“你在等我？”

“是的。这里有一封你的信，是乾玖留给你的。他说，如果信寄丢了，你会来这里。”

“他人呢？”

“他一个月前还在，后来走了。”

6

我迫不及待地展开那封信，坐在院子里，傍晚的余晖落在瓦片上，鸽子飞过天空去。

爱人：

我们能算作爱人了吗？我们相爱过的吧，你会不会怪我？

提笔给你写第一封信时，还犹豫不决，信件发出之后，更是懊恼。没想到你收到信后，将所有的心情都记录在空间日记里，算是对我的回应。后来我们都心照不宣，你不问我联系方式，这样很好。

你收到这封信后，我已经去了我想去的地方，算是修行开始了。不用来找我，我没多少时间了。认识你很开心，在我活着的最后时光，感谢你给了我这么美丽的生活。唯一遗憾的是，我不能给你什么，连给你很多很多的爱也做不到，更没办法好好照顾你。

如果可以，我愿意好好活下去，哪怕陪你在一起生活一天也是好的。

我常想念在昆明邂逅的那个夜晚，你笨拙地学长沙腔念“湘江北去”，以及和你一起走过的腾冲、东川，那里有我们深深浅浅的痕迹，像穿越时空一般。在东川的红土地上，你一路高歌，极其好听，只是你不自知罢了。

那些日子，你的欢乐感染着我，载着似水流年的感动。

去拉萨的那日，要与你分开，我好想告诉你，我喜欢你；我还想告诉你，我没剩下多少日子了，我想要你陪我走完余生。我们才刚认识，我就有了这样的想法，你会认为我疯了吧。

就算你和我心意相通，我怎能那么自私，你陪我走完余下的日子，那往后的你又该怎么办?

我终究没说出那样的话，只问你要地址，连电话都不敢问，生怕和你多说一句话，多联系一次，就不想离开这个世界。

走到拉萨，身体已经开始疼痛，在病痛折磨的日子里，还是忍不住想给你写信，我到底还是自私的吧。我只想在剩下的日子里，和你聊聊这壮阔的山河，还有我对你的深情以及深深思念，奈何我遇见你竟是那般迟。

遇见你以后，我们一起走过一段路，看过日出和夕阳，还有你给我的欢乐和爱，我死也无憾。要说有遗憾，就是不能陪你去看世界。

往后，你要按时吃饭，按时睡觉，坚持锻炼身体，好好生活，你的未来繁花似锦。

不要哭，要笑。你笑，我的世界便是天堂。

乾玖

我哭成一个泪人，就那么一下子，我的魂好像也跟着他走了。一切都来不及细说，来不及细细品味，就已成匆匆往事。

树在，山在，大地在，岁月在，我在，唯独你不在，再好的世界再好的未来，也失去了光彩。

相识一场，相爱一场，我竟然不知道你独自承受着那么大的痛苦，我什么都没为你做。

我知道，往后，我会遇到世上很多人，但唯独不再遇到用长沙话朗诵那么好的“湘江北去”的你，少言的你，一个眼神我就能懂的你，要去修行的你，双腿盘坐的你，浪漫的你，心思细腻的你，还有我的你。

你不知道的是，有你的这些才是未来，没有你的后来只能叫作余生。

我曾孤单如飞鸟，看过尘世的喧嚣

认识SiuLing的那天，在尼罗河边，她和我说起在阿斯旺大坝遇见的一位中国小伙伴，帮她解了燃眉之急——当时她被埃及拉客的司机团团围困，无法抽身。

他们大概因这样一件事情相遇，我已记不清具体细节，或许过于遥远——仔细算来，还差四个月就一年了。

SiuLing首次与我讲起中国小伙伴，赞美最多的是他拍的照片，是那种不由自主的欣赏。她一张一张翻给我看，而我的目光最终落在一段文字上：

那会儿阳光炙热，坐在尼罗河边抽烟，仰望神庙，仿佛能呼吸到三千年前的尘嚣，得感慨人生确实挺意外的。

读罢文字，恰巧一张人像掠过手机屏幕：一个男生站在拉美西斯二世神庙大厅中央，眼神漠然，嘴角微微上扬，有点玩世的味道，双手交叉于胸前，右手握着神庙钥匙，两边站着的是诸神雕像，他的背后好像有一道光洒进来。

我凝视了许久，我们好像在哪儿见过。未见其人，观其影像，只觉是故人。

这种感觉好久没有出现过了，总觉得他与别人不同。

那天傍晚，酒店大堂的服务员递给我们一张纸条，大家都非常好奇。我们围在一起盯着那张纸条看了半天。纸条上写的是中文，字迹行云流水。我们想不出在阿斯旺还认识别的中国人，只有SiuLing，看完纸条后恍然大悟——是那个她在阿斯旺大坝遇见的中国伙伴。

这是我们的缘起。那张纸条上写的大意是，他租的车出现麻烦，问我们租的车还有没有空位，他想搭我们的车，一同去拉美西斯二世神庙。遗憾的是，我们的车已经没有多余的位置。原本以为，我们不会与他再有交集。不承想，我们又相遇在吉萨金字塔。

人与人之间的关系，之所以奇妙，妙在缘分。好像早已注定了一样，一生中会遇见什么人，好似有一根绳索牵引，带着我们去见那个人。

回国后，我问过SiuLing，那张纸条是否还在？我也不知道为什么要去做这样一件事情，只觉得，那像一件艺术品，值得珍藏。

认识他愈久，愈觉得他是我人生行路上一片深蓝的汪洋大海，太过深邃，看不清本来样子。几次相忘于世，总在山穷水尽处又悄然出现在脑海，想来即是一种不舍。大多时候，不曾想起，不曾回忆，可在关键时刻，他又像一座灯塔，出现在迷雾中，虽然这座灯塔不那么温暖，可有光，总比黑暗要好吧。

在吉萨的那夜，其他小伙伴在卫报旅馆的楼顶天台上等金字塔灯光秀，我在房间沐浴。等我走上天台，看到SiuLing的对面坐着一个陌生的中国男孩。我走过去与SiuLing并排坐在一起，SiuLing介绍说，这是Robbie Medici。

我在黑暗中瞥了他一眼——谁啊？一大串英文名字，不晓得怎么读，就没个中文名字吗？

郭大哥在旁边摆弄相机，直接来一句：“哥们儿，你中文名叫什么？”

他这才说出他的中文大名，原来他姓张。郭大哥随后一直叫他“小哥”，我一听，有点《盗墓笔记》的意思，也跟着称呼他“小哥”。

我们与小哥混熟后，迫不及待地翻看他手机里玩遍中东的大片，由衷赞叹：摄影技术真好，太美了，好棒啊。夸人之词，词穷到无以复加。

手机里的大片欣赏完了，金字塔的灯光秀也不合时宜地结束了。暂时没有其他话题，瞬间静下来，足够尴尬。人们的睡意渐渐袭来，吴老师第一个下楼，这趟埃及之行，总觉吴老师不在状态；兔子也要下楼沐浴，该睡美容觉了；然后是SiuLing，她兴许是回房间赶稿子。天台上只剩下我和郭大哥、小哥三人。

我们三人面朝金字塔，坐在黑暗中，谁也没有说话，就那么干坐着。不知道过了多久，郭大哥说：“喝点酒吧。”

小哥说：“行。你呢？”

他转过头问我，我点了点头。他立马起身，往楼下走，边走边说：“我去买酒，等我。”

小哥出去觅酒，半个小时过去了，没有回来。我们知道，在埃及不好买酒，一般商店都没得卖，这和宗教信仰有关，所以我和郭大哥以为他走得太远走丢了。

后来才知道，这厮坐在路边，看埃及总统竞选人在街头演讲。在喧嚣中，或许有那么一瞬间，他想起有两个人在天台等他，才搭讪一个小店的老板。说来也是奇葩，小店的老板竟然开车带他去找酒。

他买酒回来，我已困倦，上下眼皮子打架得厉害，在夜风中极力强撑。我望着金字塔，不晓得法老是否还在？

他说还没吃东西，饿着肚子还挑食，我问他吃不吃方便面，他想了半天才勉强说："吃啊。"

我只好将从国内带到埃及的几包方便面拿出来——压在箱底很多天，小心保管，一直舍不得吃，千辛万苦带到金字塔，全贡献给了他。

坐在世界著名景点金字塔对面喝酒，那是一种怎么样的体验？

当那杯酒精纯度几乎为零的液体灌入肠胃，我只觉，酒没喝尽兴，还被晚风吹到凌乱，鸡皮疙瘩四起，莫名被虫子咬了好几口。

眼前这个男人，博学多才，见多识广，十八般武艺样样在行，好似还有点忧郁呢。我最不喜欢和这样的人坐在一起，因为，我只能成为一个忧伤的逗号、白布板背景、照相馆的道具、打酱油的路人。

一支烟，一杯酒，他像个说书人，讲欧洲文艺复兴，讲绘画艺术，讲南朝四百八十寺消失在烟雨中。

还讲那些年他的旅行轨迹，七大洲四大洋。在美国自驾；流连忘返于欧洲各小国；东南亚去腻味了；邂逅耶路撒冷黄昏灿烂的灯火；在约旦做了一次"难民"；中东沙漠里的银河闪瞎双眼；会认为没有海的冬天是冷的，在海底潜水是一件很享受的事，似乎比去天堂还要好玩。

可是，他的每个大气磅礴的故事背后，所有的注脚只有一个：找不到同类。

小哥这样的存在，没有人和他对话，只能自说自话。我像一头驴，听完后，一脸懵懂，脑海里蹦出一句诗来——我仰望天空，无边的岩石布满磨损的文字：那么多星星什么也没向我表明。

小哥其实是一个非常孩子气的人。或许，每个“艺术家”的身体里都住着一个长不大的孩子。他是“删微信癌”晚期患者，转发过的内容，甚至是他的原创内容，在一定时间后，都会删除，清理得很干净。

在开罗一家餐馆里，我和SiuLing交流做微信公众号的问题，小哥坐在一端，冷淡地说：“不知道你们在说什么。”紧接着又说了一句，“我朋友圈里要是谁发带链接的内容，拉黑！”

小哥说得一本正经，真有点怕怕。不过，很快，他就推翻了自己的那条言论——他转发了自己微信公众号上的内容。遗憾的是，他能写出很牛气的文字，拍出震撼的照片，剪辑好看的视频，却无心打理微信公众号，半年也不更新一次。

有句话说，潜心生活、深有感悟而又有深度的人不屑于写文字了，果然不假。

我写完尼罗河的游记，他转发时感慨道：

“我总说小牧是个话痨，她就不高兴，她就是那么细致的一个姑娘。可话又说回来，很多事情、感情，一句两句也说不清楚道不明白，又或者重要的事情得说很多遍。小牧把那些细致娓娓道来，可能只是自说自话，也好像在谈论你我。你总会觉得尼罗河窗前静坐的那个女子看懂了那些纷纷扰扰。”

小哥不知道的是，我只想和他说很多话而已。

有天，他有点落寞地说道：“那么多年，走过那么多路，他们说看着我挺心疼的，替我落泪。不知道时间究竟是太快了还是太慢了，有人说那像一场梦！是梦该多好啊，那样就不会是真的，也会马上忘却重新来过。一切都飞速地转动，我却像是站在原地的孩子不知所措，红肿了双眼。”

听他说着，我却不知道如何安慰。他呈现给世人的完美背后，有几多辛苦几多辛酸几多隐忍，或许他自己都算不清楚。也不用算清楚，那些都过去了。从青春走过的人，往事旧情尽皆相似。

小哥像一条固执的鱼，或许，潜藏在深海里，真的是最佳的去处。

曾读聂鲁达的诗：“我曾孤单如隧道，群鸟飞离我身。”那么，我改一句送他：“我曾孤单如飞鸟，看过尘世的喧嚣。”

我说人生啊，如果看过世界的喧嚣，也尝过痛快淋漓的风景、写过杜鹃啼血的文章、与才华横溢的小哥骑过骆驼，也就足够了。

我想带一个人去潜水

曾经，我想带一个人去潜水，去红海，看我在缤纷斑驳的珊瑚里做一条美人鱼，绚烂整个海底世界；如今，我只能孤独地浮潜在海平面，仰望天空是不是海倒过来的模样。

又是一个无聊的深夜，失眠已经成为家常便饭，噩梦侵扰成习。我随手翻了几本书，发觉索然无味。朋友圈里文人骚客是有的，想找他们吐槽吐槽高冷的文学世界，居然连槽点都找不到。

我的情怀已经瘦成一张皮影，只剩乏善可陈的空壳。

随便吧。我只好睡我不爱睡的觉，懒洋洋地倚靠在床头，还舍不得放下手机，临睡前漫无目的地乱刷一遍朋友圈，确实没什么可看，又害怕错过了男神的动态。我似乎听到了遥远的地方传来朴树的那首《那些花儿》：

“如今这里杂草丛生，没有了鲜花。”

我没有夜里喝咖啡的习惯，所以泡了一壶茶，点燃一根香——是香不是香烟，准备创作长篇。燃尽第一根香，我敲下以下这些文字，陪我“注孤生”。

那天晚上，在沙姆沙伊赫的一个叫大哈巴的小镇上，我梦见了你。你在梦里对我说，想去环游世界，所以现在才要拼命地挣钱。有人说，做梦的时候梦到一个人，说明不是你想他了，就是他想你了。我仔细想了想，我承认，是我想你了。原以为在这个年纪，拿得起放不下的只有筷子，没想到还有你。

我从梦中醒来，胡乱翻身，身边躺着一个人，那不是你，是与我同行的兔子。她正酣睡，黑暗中，我听见她呼吸均匀，好像正沉醉于美梦中。我只能独自怅然，披头散发走到阳台上，想听听海哭的声音。张惠妹似乎骗了我，还是红海不多情，我什么声音都没听见，整个大哈巴镇是寂静的。

一个人，从他最初喜欢上某个人，到他失去爱这个人的能力，总共需要多久？

可恨的是，世人都说天秤座博爱多情花心不专一，连星座给出的答案也只有一个月。如果真是如此，我又何必每去一个地方都写一封信给你，即便无处可寄。

《海角七号》里有封人生长信，我不知道我给你的信能不能超过这部电影。

你说喜欢潜水，只是从没见你潜过；你说你会带我去潜水，只是还没兑现诺言，就不知去向，以至于在去红海之前，我从未去潜过水。

如果有一天你想起了我，你想要知道我的心情，你想要走在我走过的路上思念我，我的这封信会帮助到你——或许吧，我只是这么认为。

喜欢潜水的你去过红海了吗？

红海是地球上为数不多的几个几乎被陆地包围的海洋之一。这些地区以闪光的沙滩、美丽的珊瑚海、丰富的海洋生物以及一流的饭店闻名于世，这里是世界上最适宜潜水的海域之一，也是世界上最适合疗养度假的胜地之一。

这样介绍，你会不会嫌弃太庄重？我只是怕你懒得去百度。

我还要告诉你，我和小伙伴去大哈巴的时候，做了一件你从来不赞同的事情。那天中午时分，我们站在沙姆沙伊赫的机场外，打车去大哈巴。

路过的车辆要价极狠，像是这辈子没见过埃及镑一样。我们狐疑再狐疑，通过手机导航查到只有4.5公里的距离，我们坚信能顶着北非正中午的大太阳，从沙姆沙伊赫的机场，背着大包拉着行李箱走到大哈巴——想来真是无知无畏。

当最后一个司机要载我们去的时候，我们坚持着4.5公里的价格，最终以150埃及镑谈拢。他开车拉着我们走了很久很久，路过一个个岗哨，有士兵背枪站岗，我们担心而又彷徨——4.5公里真的这么远？后来才知道沙姆沙伊赫离大哈巴将近一百公里，在误打误撞中，我们杀价成功，这是我们首战告捷。

你听后是不是不开心？可是，从你认识我开始，我就是这么一个杀价高手。

曾经因为你，我喜欢上了拍照。你离开之后，我没摸过相机。

这次的埃及之游，我甚至没带相机。

没有相机的日子是难熬的，你知道，特别是一个人的时候，实在是太无聊了！

人生就是一场电影，拍照就是在截图。

我想用这种方式去截取生活的一瞬间，留住这场电影的某个回忆，某个场景，某个笑容……

所以，我用手机代替了相机，虽然像素不如相机的好，但截图的人生是一样的。

潜水的时候，你不在，无人给我拍照。那天一起去潜水的小伙伴，有个叫小熊的女子，她已经是第三次在红海潜水了。她准备了一个水下拍照的相机，浮潜时，慌乱中，她帮我抓拍了一张相片，有点像美人鱼。

午饭过后，第二次下水。我们的向导拉着我一起潜水。这个阿拉伯男人带着我游到了一片蓝色深邃的海域，远离了小伙伴。我很害怕，他是一个什么样的人，我不知道，我就这样没反抗地被他拉着游向了那片我不熟悉的水域。可是我多么想去探索和了解，想要对你讲一个不那么一样的海底世界。

我们离海岸越来越远，没有美丽的珊瑚，没有丰富多样的鱼群，只有深不见底的忧郁蓝，真的很忧郁，甚至是苍老。四周都是深蓝，看不到波光粼粼，我害怕就此结束了生命。我拼命挣扎，想要游回去，回到那五彩斑斓的世界，我还要讲一个你没去过的世界。

我身边的这位阿拉伯男人似乎明白了我的抵抗，带着我游了回去。回去的路上，他突然放开了我的手，我惊慌失措，以为他不管我了。我逐渐往水底沉下去，连呛几口海水，我扑腾着想喊“救命”，他从我身后一把抓住我的手，我拼命抓着他，他像一个孩子一样，变戏法似的用另一只手递给我一个贝壳——原来他是潜到海底去给我捡贝壳了。

在水里，我们没办法说话，我看不清楚他的表情，他也看不清楚我的表情，接过贝壳的那一刻，我原谅了他。

下水前，我一直幻想着拍一张这样的照片：在如同透明的水中，无拘无束地遨游，远方的青山和蓝天白云，让人觉得只有在梦境中才会出现。可是红海周围没有青山，只有荒芜的沙漠纵横；蓝天白云是有的，但不是我和你见过的模样；至于遨游，不会游泳的我失去了你的保护只会狼狈不堪。

上岸后，我才发现双腿被海底不明物刺伤多处。我一遍一遍擦拭着，鲜红的血像烙印一样刻在心底，我的心也染成一片红。没有带任何涂抹的药物，只能随它自生自灭。我的手臂也受了伤，直到回国前夕还依然红肿。我难过地哭出声，坐在沙滩上，望着夕阳一寸一寸滑落，消失于海平线。

我离开西奈半岛之后不久，俄罗斯一架飞机在西奈半岛坠毁，机上二百多人无一生还。我在想，如果我沉入了西奈半岛的红海海底，你会知道吗？你会用什么方式祭奠我？

人的一生所遇见的人，有些人是陪你看日出的，另一些人是陪你看日落的，就像有些人只能陪你看月色，没能陪你等待明天的第一道曙光。

而我，还一直在等你。

你问我有多爱你，就这么多，够不够？

何以解忧，唯有艳遇

1

前两年，我去丽江探望一位开客栈的朋友。他是一位有钱的闲人，我认识他的时候，他就在丽江开客栈了。我不知道他的钱从哪里来，就像我不知道有些人常年不用工作也饿不死一样。

登机后，我心想，身边要是来一个帅哥就好了。

不过我没有阿拉丁的神灯，命运之神大概也不爱眷顾，所以坐过来的是一个凶悍的大婶。

我正郁闷，大婶推了推我，说："我老公的座位在前排，你和他换一下座位！"

大婶的语气不是商量，是带点命令式的，让我不敢说不。出门在外遇见凶悍的人，我一般选择跑得快和躲得起。我没和她讲话，迅速地离开自己的位置，她老公移过来坐到我的座位上。

我在前排座位坐下，更加郁闷地侧头看机窗，遮光板没打开，意外发现我身旁坐着一位年纪与我相仿，模样还算俊俏的男生。我冲他笑了笑，他点了点头，表示回应。

2

因为是早班飞机，我又有熬夜的习惯，没睡几个小时就起来赶航班，所以飞机起飞后，我便靠在座位上呼呼大睡。

不知道过了多久，我被人摇醒，睡眼蒙眬，发现自己歪着头倒在男生肩膀上，几乎半个身子倾斜贴着男生。我不好意思地吐了吐舌头。

男生说："他，要出去一下。"男生指了指靠着机窗的大叔。我立马站在过道一旁，让大叔出去。

"你不冷吗？"我刚坐好，男生便侧着头问我。

"啊？"我没反应过来。

男生指了指我的胳膊，说："都起点点了。"

我看了看手臂，笑着说："没事。"

心里却在想，如果我说冷，男生会不会抱着我？

显然是我想多了。这时，一个空姐走过来，男生向空姐招了招手，说："我们这里需要一条毛毯，麻烦你送一条过来，好吗？"

空姐微笑着点了点头，说帮我们看看，还有没有毛毯。

空姐走后，我说："你很会关心人啊。"

男生说道："女生，要多爱护自己哦。"

既然话匣子已经打开，我便问男生："你去丽江干什么？"

男生说："去参加一个摄影展。"

我睁大双眼，欢喜地问道："你是摄影师？"

男生说："业余爱好摄影，还没出师。"

男生也太谦虚了，能去参加摄影展，多少还是有些本事的。我趁机说，我也喜欢摄影，只不过技术太差，问他能不能教我拍照，及时要了男生的联系方式，并将我的联系方式也留给了他。

男生拿出iPad，给我看他的摄影作品。看完后，我对他的膜拜之情就像"倚天屠龙谁与争锋"那般狂热。

3

到了丽江，朋友来接我，而男生有主办方接待，我们在机场分道扬镳。在丽江的几天里，我有朋友陪着玩，他要与其他摄影师沟通交流、开座谈会，我们没时间联系。

我每天住在朋友的客栈里，喝茶发呆，偶尔也会被人搭讪，不过都没有下文。

在客栈里的那几天，我目睹了朋友时常扮演游客，与住在他客栈的美女搭讪，请她们吃饭，或者去酒吧，晚上一起回房间，第二天醒来各自散去，该干吗干吗。

有天清晨，我醒来得早，站在二楼的天台上，看到朋友从一间客房走出来，他也看到了我，走过来与我打招呼。

我问他："你在丽江，每天过着这样的生活，不腻味吗？"

朋友看了看我，拉着我坐在石凳上，他转身去楼下，不一会儿端着茶盘和茶具上来。他坐下之后，不紧不慢地煮着茶，茶壶里冒着热气。他问我："你在鄙视我？"

"除了泡妞，我看不出你还有其他的生活，客栈你也是请人打理。"

朋友没有接话，他低头认真煮茶，将煮好的茶倒在公道杯里，再分到茶杯里，他说："尝一口，试试味道。"

我端着茶，闻了闻茶香，像是绿茶，喝到嘴里，细细体会。根据汤色和茶味判断，是细嫩炒青，再往上我说不出具体的茶名了。

朋友笑着说："你还停留在根据人的肤色判断国籍的阶段啊。"

是的，对于品茶，我确实没什么造诣，也没觉得有什么惭愧。

朋友说："这是明前的碧螺春。"

我问他："有时候喝茶也与区域和水质有关系，你为什么不喝普洱？"

朋友说："我只爱明前的碧螺春。"

4

认识你之前，我有一个女朋友，她叫明前，茶艺师，独爱碧螺春。

有一年，她旅游到丽江，在丽江结识了一位唱民谣的民间歌手，他叫雨后。我不知道他们怎么认识的，总之就是认识了。

茶艺师听到雨后这个名字，笑着说："我叫明前，如果你叫雨前，我们就是一段美好的青春岁月。"

民谣歌手不懂茶，问道："明前和雨前是什么？"

茶艺师说："绿茶里，明前，就是茶年轻的时候，约等于一个人二十岁以前；雨前约等于一个人的三十岁以前。"

明前发现雨后身上有一股清冷的气质，要问她为什么对他有好感，她说不出来，但雨后在酒吧里唱歌时，她喜欢坐在下面听，望着雨后唱歌时迷离的眼神，心里有一头小鹿乱撞。

在酒吧里，他们聊音乐，聊茶艺，聊文学，聊电影，无所不聊。

雨后对明前说："你的意识和见解，让我惊讶又佩服。看过你，我会觉得那些只懂炫耀食物、衣服的女孩是多么无聊。”

明前害羞地低着头，实则是开心。

明前想，我是不是爱上了他？

他们在丽江约会过几次，那天晚上，雨后没去驻唱的酒吧，而是约明前散步。他们去了相对清静的束河，他们一直走，一直走，只恨路太短，他们在小小的古镇里，重复着无数遍相同的街道。

终于聊得累了，走得也累了，他们在一棵大树下的石板上坐下来。四下漆黑，是“耍流氓”的大好时机，雨后搂过明前的肩膀靠在自己身上，明前正想说话，雨后却说：

“嘘，别说话，咱们就这样待一会儿。”

明前觉得那一刻好美好，静静的，能听到彼此的心跳声。坐了大约十来分钟，明前说：“我们回去吧。”

雨后说好，然后顺势拉起明前的手。雨后送明前回到客栈，在客栈门口，明前说：“我明天要回去了。”

雨后当然懂得这意味着什么，彼此都没有说话，沉默了好长一段时间，明前正要转身走的时候，雨后说：“你知道吗，刚才我们坐的那一小会儿，我会记得很久……很久，很久的。”

明前显然是有点激动，让雨后上前一步，想说什么，却没说出来。这时候，雨后如果再不吻上去就不是男人了。明前，没有拒绝。

那夜，雨后没有离开明前的客栈。

他们坐在房间里，雨后对明前说，他去法国游玩的时候，是一位华人姑娘接待的他，是朋友的朋友，带着他在法国玩了一圈。他们去了普罗旺斯，坐在薰衣草的紫色海洋里，彼此都没说话。后来，那个姑娘说了和他刚才说的类似的话。他走的时候，那个姑娘哭了。

明前问：“我走了，你会不会哭？”

雨后说："把眼药水拿过来，我哭给你看。"

明前笑起来，笑容很灿烂，令雨后难忘。

那夜，不用我说，你也知道发生什么事情了。

5

朋友讲到这里，停顿下来，我还在等他说结果，他却一直没说话，只顾品茶。

"后来呢？"我不识趣地问道。

"她从丽江回来之后，我们分手了。后来听说，那个民谣歌手没唱歌了，和她一起经营一家茶馆，茶馆名字就叫'明前雨后'。"

"你来丽江开客栈，是因为她吗？"

"失去她，我不知道我活着的意义是什么。那时候，以为失去爱情会死人，其实失去爱情死不了人，只会在你最疼的地方扎上一针，然后我们欲哭无泪。当久病成医，也就百炼成钢了。她是一个多么高冷而骄傲的人，被我呵护着，什么都不用操心，现在为了一个唱歌的，过起了她曾不屑于过的普通生活。"

"那你就要用相似的方法，去祸害其他姑娘吗？"

"我没有强迫她们，都是你情我愿。"

我站起身来，准备回房间，他在我背后说："我强迫你了吗？"

6

我认识他有一段时间，因为聊得来，所以关系保持得不错。这次去丽江是因为那段时间我连续加班，想出去散散心，他便邀请我去丽江，包吃包住陪玩。

我是那种不爱旅游的人，出行纯粹为了放松。在丽江，我没有去周边景区玩，天天蹲在客栈发呆、喝茶、拿着手机看电影。

我刚到的那天晚上，朋友做了几道菜，看得出来手艺还是不错的，他还准备了红酒。

认识之初，我对他是动过心思的。有钱有闲的男人，思想也不俗，确实讨人喜欢。只不过见面之后，内心却非常平静，没有任何感觉，面对他，只当兄长一般看待。

但可能他一开始就把我当成他猎艳路上的一只猎物了吧。

那天晚上，几杯红酒下肚后，有点微醺，他凑近我，双手扶着我的肩，脸离我的脸越来越近。

我别过脸去，问他："你想干什么？"

他有点坏地挑衅道："男女之间那点事，还用我明说吗？"

我一把推开了他，脸红红地说："我还没有与哪个人发生过关系，你不要乱来……"

说完我躲开了他，站到门口。他愣愣地看了我许久，走近我，拍了拍我的肩膀："国家一级保护动物，稀有品种，对不起。"

然后，他走了出去。

那夜之后，我们依然相处得很融洽，相安无事，好像什么事都没发生过。他的客栈对我有求必应，每天下午，他也会抽空陪我说说话、聊聊天，一起看看电影。

只不过，他依旧泡美女，生活也没有因此而受影响。

7

我在丽江待了几天之后，准备回去了，这时，手机收到一条短信。

"摄影展结束，去周边走走好吗？"

飞机上的那个男生联系我了，他约我一起去玩。我对玩实在没什么兴致，不过，那几天待在朋友的客栈，眼见着朋友自甘堕落的行为，我也无可奈何，心想，何不如出去走走，换换心情？

我答应了男生，那天一大早我就出去了。到了约好的地点，他已经站在那里等我，身旁还有一辆摩托车。

我走过去，他兴奋地将安全帽戴在我头上，说："我们去丽江城外的村子里转一转。"

很浪漫有没有？是的，当时我的确被他的安排打动了。那天我们玩得很开心，他骑着摩托车带着我，像一对走天涯的侠客。

一路上，我们遇见美景就停下拍照，他教我如何构图，如何捕捉光与影。当然，除了拍美景，他还给我拍了许多照片，只不过，我这个"模特"并不称职，面对镜头非常不自然，反而是那些不知道他在什么时候抓拍到的我更动人。

暮色降临，我们回到古城，他送我到朋友的客栈。

他说："不邀请我进去坐一坐吗？"

我想了想，说："你进来吧。"

我和他一起走进客栈。朋友正坐在客栈院落一角的藤椅上逗着一只猫玩耍，见我回来，又见我旁边站着一个男生，他一边逗猫一边说："回来了？"

我应了一声，带着男生走过去，坐在朋友旁边，向他介绍："他是一位摄影师，几天前我们在来丽江的飞机上认识的。"

朋友点了点头，三个人坐在暮色下聊天，没想到竟那么合拍，有一种相见恨晚的感觉。

男生突然说："我明天去昆明，再从昆明去成都。"

我看了看他，没有说话，我不知道该接什么话。

男生离开客栈的时候，对我说：“我们北京见吧。”

过了两天，我收拾行李，准备回北京。

朋友送我去机场，我下车的时候，他抓着我的手，说：“你一定会遇见一个好男人的。”

然后他抱了抱我，又在我耳边说：“保持初心吧。”

8

我和男生没有再见面，也就没有以后，所以失去了联系。

又过了一年多，开客栈的朋友结婚了，他的妻子看起来是一个非常普通的姑娘，与他之前泡过的那些要身材有身材、要长相有长相的姑娘相差甚远。她站在朋友旁边，依偎着，看不出哪里特别，只不过她的眼神和笑容洋溢着幸福。

我问朋友：“为什么是她？”

朋友说：“在这个世界上，有很多人和你喝过烈酒，热血浓辣，高亢迷离，站在情欲巅峰上感受风情万种。但是可能只有屈指可数的几个人会陪你喝杯茶，芭蕉夜雨前，月高风清下，三两句话，逍遥无边。岁岁年年，我累了。遇见现在的爱人之后，我懂得，相比热闹，我还是乐于清欢。”

我回说：“真好。”

朋友泡妞无数之后，终于遇见那个可以使他内心安定的人了。

朋友说，他对妻子的感觉是，当他清晨醒来，看着她熟睡的样子，会开心得说不出话，只知道甜甜地傻笑，所以他毫不犹豫地和她结婚了。

他还说，他终于懂得，当初明前为什么会因为雨后而离开他，他也终于释怀。

9

这几年我一直一个人过着，除了宅出新高度，其他毫无变化。有时出门远行度假，偶尔也会遇见像样的男生，只不过都是短暂停留，又立刻走远，此后再无相交。

我一直保持初心，可我却遇不见朋友说的所谓的好男人。

我想了很久，用林探惜的话说，我要的也不是“谈恋爱”，不是空虚寂寞时看着顺眼的随口搭讪，不是孤独无助时让生活更便利的交通工具。

我想要的是“恋爱”，是见到那个人就有笑意浮上眼底的温暖；是在这个每个人都“各自为政”的世界上，总相信有一个人能与自己心灵相通的安心；是无论何时都笃信彼此是同道中人，表达任何意念都不必费劲的畅快。

我只希望，最终驯服你我的，不是生活，而是我们所期待的爱情。

初雪的时候，你可会来

四年前，我写下了这封信，写给一位叫陈正夕的男生。信的名字叫《亲爱的，我等你到三十五岁》。我写完这封信之后，他就出国了，没来得及看这封信。这几年，我听闻你一直一个人，你在等谁？

正夕：

还记得曾看过施夏明的一张关于《1699桃花扇》的影像，他身着昆曲戏服，表情淡然地站在人潮汹涌的地铁内。今晚再听《桃花扇》，竟不自觉地想起你来。你的那份与世融会却又与世隔绝的气质，与施夏明像极了，那样的修养，一直住在我的内心里。

前几年，在我最凉薄最难过的月份里，我在一个文史群里遇见了你，是那样的静默欢喜。我就这样偷偷地关注着你的一言一行。第一次见你说话，是一首打油诗，顿觉你与众不同。只可惜我已经忘记那首诗的内容。你在群里非常活跃，只是我从没同你讲过话。想来也是不熟，便无从说起。

有天下午，天空下着雨，我站在车站等雨停，便与群里的小伙伴攀谈起来。那天你也在，我的心情不由得由阴转晴。我以“看女生穿鞋子判断其人”为话题，引起众多人的讨论，你也参与其中。别人说过什么，我不记得了，只记得你说：“层次看鞋子。”言简意赅。看完你说的，我更加相信自己的判断——

你，与众不同。

可能对你动情也是从这个时候开始的。我是古龙迷，根据以往你在群里的表现，我评价你与陆小凤极为相似，风流而不乱情，不羁而不乱性。你说我看人眼光独到。

我们很快熟悉起来，你在群里叫我“媳妇儿”，虽然知道是开玩笑，我却偏执地认为，我会成为你的媳妇儿。

后来的一天，我的银行卡被ATM吞掉，因此你加了我的QQ留了言，告诉我银行卡被吞之后的注意事项，又说了一些宽心的话语。我确实被这一小细节感动了。

其实自我遇见你那天起，我心里就有一种很强烈的信念，你一定会联系我。有一种气场是互相吸引而不自知，对味的人大概就是这样。我的判断又一次显示了其正确性。你巧妙地选了一个雪中送炭的时机联系我，我不得不佩服你的不经意实则是等待许久。

我虽然因为银行卡的事情，心情变得非常糟糕，但你的出现，使得我心底涌现出一丝温暖。这是我们相识的开始。

我第一次开玩笑叫你“相公”，你说是对“媳妇儿”一词遥相呼应，由玩笑到默许。其实在我心里早已默许，只是你不知道罢了。

我们时常聊通宵，这就是喜欢吧。不知道谁说过，找一个能一起说话的人，是幸福的；要是能找到一个想说话又能说到一起的人，多么难得。我想和你说话，告诉你我的喜怒哀乐，我的一切。

我经常和你说我的过去，说到怀念外婆时，你愿意陪我回老家拜祭外婆；我告诉你我心脏不好，你后悔自己没有去学医。这些不是甜言蜜语却充满爱意的话，在我心里泛起一圈圈涟漪，暖暖的。

在我们互相陪伴的时候，没有约会，没有电话，没有短信，但我知道，对方就是我喜欢的人。我的信念是，不管生活多么艰辛，有爱就拥有希望，无论爱有多辛苦，坚持就能见到曙光。

我对你说：“要让相公成为世上最幸福的人。”

你不紧不慢地答：“认识你的那天起，我就是了。你永远都是第二幸福的人，因为我有你，我永远都是最幸福的。”紧接着又说，“听说，和漂亮女人交往养眼，和聪明女人交往养脑，和健康女人交往养身，和快乐女人交往养心。和你交往，你说，我怎么全养了呢？好幸福哦。”

我们自然而然地在一起了。我时常去你的城市看你，你的城市冬天多雪，你带着我去滑雪，去看雪挂，在雪地里打滚。站在冰天雪地里，望不到尽头，好像时间停止了一样。白茫茫的世界里，只有我和你，我很喜欢这种静谧之感。我甚至都能听到雪花落下来撞击着心跳的声音。

你说，面对工作的压力，快撑不下去的时候，我就会适时地出现，给了你足够的信念。但好景不长，我们的异地恋不过维持了一年，有天，你喝了许多酒，给我打电话，你对我说，不想伤害我，希望我开心，幸福。你不能继续和我在一起了，因为你有更重要的事情要去做，要远渡重洋。你还说，可能三十五岁之前都不会回来。

你也如同那些说过会给我幸福，也同样说过不想伤害我、希望我幸福的人一样，不见了踪影。我连幸福的味道都没闻过，幸福的颜色是什么样子的？

如果不想伤害我，请不要把我推开。我不相信幸福，我只相信你。如果你不能给我幸福，谁又能给？

虽然我不知道你有什么事情，重要到不能带着我，要放弃我，非去国外才能做，但是我却痴痴地对自己许下一个承诺，我愿意等你到三十五岁。我不想你因为一个人而去改变自己的计划，我也不想你因为一个人而变得有负担。我不想成为你的包袱，成为你的累赘。

我多么希望你一直叫我“媳妇儿”不改口，一直陪着我，哪怕不能在我身边，只要你一句温暖的话就足够了；我多么希望多年后，我仍能很自豪地说：“遇见你，是我最幸运的事；喜欢上你，是我最开心的事；等你，是我做过最自豪的事。”

我还多么希望你不要推开我，让我去找别人，让我孤独无依。我只是喜欢你，想要和你在一起，愿与你风雨同舟。

壬辰年中元

时间过得真快，晃晃悠悠，四年过去了，再看这封信，真是羞涩至极。时至今日，我依旧爱听《桃花扇》，每每听到那句：“小生侯方域，书剑飘零，归家无日。虽是客况不堪，却也春情难按……”泪簌簌落下来，就想起那时候你油腔滑调地学宝玉，和我说的第一句话：“这个妹妹我是见过的。”

痴痴地难过，算算日子，没几日你就三十五岁了。我的陈正夕，你还没有回来。初雪的时候，你会不会回到那个冬天积雪的城市？我已经在这里等你许久了。

你既输了自己，也没赢了岁月

“在这个吵得人分不清东西南北的世界里，我们手里所持有的干干净净的初衷，不多了。握好了，别丢了。明天还要赶很远的路。”

近日读七堇年的书，读到上面那段话，怔住了许久。

想起一个人来——大学时期班上的一个男生，与我同年同月同日出生。我爱看武侠，他也爱看，我们有共同话题，很快就混熟了。

他常陪我去学校附近一条人声鼎沸的古街，那条街都是破烂旧楼，那里有一家书摊，可以租书，还可以租碟。有次，我们去还书，我看到书架子上有一张碟片，上面写着《乱世佳人》，我目不转睛盯着看了许久。当时我还没看过《飘》，却一眼看中了架子上摆放着的《乱世佳人》的碟片。

他见我喜欢，就帮我租了，拿回去却没有地方看。有个周末，他不知道从哪里搞来一个DVD碟机，我俩选了一间无人的教室，将《乱世佳人》看完。印象最为深刻的，就是结尾斯嘉丽说的那句话：“毕竟，明天又是新的一天。”

当时，我一心想考研，从大三就开始准备。他说喜欢做生意，毕业后就会回家，接管家族生意。我想，我和他终究不是同一个世界的人，不如早点分开得好。于是我以考研为由，主动疏远了他。

想想，我们在一起过吗？好像也没有，只不过关系亲密得像男女朋友。而当真正不来往的时候，又好像舍不得，总觉得少了点什么。他也真是，找我几次之后，见我不理他，就真的不再来找我了。

男生是不是都这么缺心眼？还是女生都这么矫情？

我想，他联系我一次、两次不成，就不能联系三次、四次，多找我几次吗？

我还想过，如果他第四次来找我，我已经想好要和他去哪里吃饭，然后再去书摊租一回书。好可惜，他没再来找我，也真有骨气。

后来，我压根就没有考研，因为家里出现经济危机，条件不允许，我必须赚钱养家。也因为苦闷，毕业后，我只想去远方。哪里最远？对于我这个在南方长大的姑娘来说，还没去过的北方算是远方。

我在北方的城市闯荡受挫，生活受尽委屈。得知他并没有接管家族生意，而是考研了，还读了我最爱的专业，最让人生气的是，他一直读到了博士，毕业后去一所大学教书，成为受人敬仰的年轻教授，也正积极往“学者”方向走。他成了一个文化人，与我这个还在市井生活中摸爬滚打的人相去甚远。

《一代宗师》上映，他在QQ上给我发来一首钢琴曲，问我："还记得这是什么歌吗？"

当时，我处于人生低谷，日子过得糟糕，哪有心情听歌，也没时间回复他。十天之后，我做的策划文案始终无法通过，被甲方公司鄙视，被自己的老板骂得狗血淋头。

下班，我坐在地铁上，突然想起了他。我小心翼翼打开QQ，听他发给我的那首曲子，只觉得旋律很熟悉，但我想不起来是什么歌。

我很难过，开始哭鼻子，妆都哭花了。坐在我旁边的一位男士，非常绅士，问我需不需要纸巾，我摇了摇头。地铁到站，我仓皇而逃，蹲在站台上哭了好久。

"什么歌？"

我很沮丧地问他。我等了很久，他也没有回复我，我看到他QQ签名写着："在日本交换讲学。"

晚上，我翻到他以前写的博客，原来他还在更新。最近的一则博客上写着：

"你既输了自己，也没赢了岁月。我想章子怡宫二那个角色，像极了你。梳着长辫子，素净如月光的脸，不图一世，只求一时。你已经不记得斯嘉丽，也不记得《乱世佳人》的主题曲。你的理想，我替你实现了，你还记得吗？

"我就要去日本了，没遇见你之前，我认为自己传承了父亲的特质，是一个有头脑的生意人，没想到阴差阳错，成为今天的角色。走得够远，已经忘记当初为什么出发。毕竟，明天又是新的一天。"

他的博客一直在更新，他写杂文、随笔，还写了许多武侠小说。我一边看，一边掉泪。我曾想过许多“如果”，最终都只是“但是”，没想到，他还一直在坚持。

第二天，他回复我：“*My Own True Love* （*Tara's Theme*），Danny Wright的钢琴曲，是《乱世佳人》的主题曲。”

我告诉他，我已经去他的博客看过，也知道那首曲子叫什么名字了。我情不自禁地和他说起过去的事情，在学校的时光，那些小事，一大段一大段地全部说了出来。

我和他说：“如果你第四次来找我，我会和你一起去吃饭，去书摊租书，只是你没来。我想，你不来找我，就算了吧。在那时，我也还记得斯嘉丽说的那句：毕竟，明天又是新的一天。”

我又和他说：“我和宫二不像，宫二赢了岁月的，只是她有没有收回赌注，我就不知道了。你我终究不是一个世界的人了。当时，我以为你会回去做生意，而我满脑子都是理想主义的生活，我害怕成为满眼都是世俗的人。最后，我成了自己讨厌的人，你却住进了象牙塔。这是多大的讽刺。我的确输了自己，也没赢了岁月，而且我的赌注是以失去一个我喜欢的人为代价。”

他可能没想到我说这些，沉默了许久，QQ头像也一直没有跳动，死一般的寂静。

直到晚上，他发来一条消息：“我是念着你长大的，男孩只能长大一次。你不可替代。只是，时候不对了。”

看完他的消息，我伤感极了，却又如释重负。他到底还是不懂我的心意，他以为我在做什么？或许，我一直就如此矫情。

还好，没有偶像剧那般狗血的剧情发生——多年后，我们重逢，你依然年轻，我依然漂亮，我们又在一起了。如真这样，我也不知道如何收场。

现实是，不管我的笔下如何写分开了才发现是爱的，写了多少遍你，给你取了无数个路人甲的名字，不过是素材需要，感动的只不过是读者。

而终究，我们都忘了初衷，忘记如何出发，忘记来时的路，败在了岁月里。

余生请多多指教

1

坐在济南回北京的高铁上，没有带书，又不习惯看电子书，只能听歌，略显无聊，于是在微信里找人聊天。不知道怎么翻到了二先生的微信，给他发了一条信息：如果你也有空，不如一起聊聊人生。

没想到他秒回复，告诉我他正好在杭州出差，腾出一下午时间，有空，有空。

我们开始有一搭没一搭地聊天，天南地北，从文艺聊到吃，再从吃聊到家乡的特产，时间过得飞快。聊到吃的时候，他说，我与他认识的一个朋友非常相似，因为只吃青菜和水果。

不知为何，话题并不好笑，我却笑了一路。

快下高铁时，说起做梦的话题，我说，要做就做个大的。继而又对他说，我梦见过他一次，三人出游，他是摄影师，手捧一朵莲花，在悬崖边上拍照，最后掉落悬崖。

他笑说，梦境是熟睡者的幻想，所以幻想即是清醒人的美梦。

他还向我分享了他曾做过的一个梦，醒来后还为此写了一篇小短文：

古有阿貘者，出生之日即患怪病。吃喝拉撒之外，整日昏睡不醒。邻人小儿以“猪猡”辱之。父母遍访名医而未果，甚惋。及学，亦不免终日昏昏。某日偶作一文，所记皆为梦中之事。其文奇异诡谲，不似人间所闻。先生大奇之，一时名声大噪。后以做梦为乐，记梦为生，虽坐拥荣华而不觉。时人以“做梦家”称之。

在这之前，我已经关注了二先生蛮长一段时间，知道他喜欢摄影，常拍动植物，对山野有情结。所以，回到北京之后，我认真挑选了一套来自山林的果实送给他，还附言：

二先生：

见你喜欢拍摄花木与虫鸟，择一套花木果实的自然收集物送你，愿你嘴角永远挂着迷之微笑。

我很喜欢这套自然收集物，原始又用心，通过一片叶子、一瓣花瓣或一枚果实，观察自然万物的存在、转变、发生和消亡，是一种观察也是记录。

那些细小而无用的美好，也如同你温暖的内核，可以融化所有的冰冷，在冬日里绽放出最美的花。

一折花事，一场梦。

半片止痛药

十一月三十日

署名为“半片止痛药”，他当然不知道是我。没几天，他便将那套果实拍照发在朋友圈，请赠送礼物之人出来对话，我只是笑而不语。

2

我们很少聊天，但每次聊天都会聊很久。我一般都选在节假日或周末，主动找他聊天。二先生是一个懂得如何自处的人，有烦恼也不轻易说出口，我猜想，他也不会轻易主动找别人聊天。

我们的聊天总是这样开始的：“喵，二先生。”

他会发一个哭笑不得的表情过来，并说：“二先生没在。”

我回复：“你笑起来挺二的。”

他说：“这叫童心未泯好吗，治愈的笑，哈哈哈。”

我们常聊山林、植物，还有他拍过的照片。他经常拿出来显摆，说已经拍了几万张，目前没有时间处理。我常安慰他，等到老年痴呆，就有事情做了。

去年二月份，他因腰肌劳损严重，在家休养半月。当时知道这个消息后，我还是蛮担心的，送了一本《健身囚徒》给他。几个月过去了，他说还在看第一章。

三月份我去拜访一位画家，相谈甚欢，画家心情也不错，愿意写几个字送我。我请画家写二先生喜欢的那句：幽心通曲径，明月照天真。

画家写完之后，我拍了一张照片，发给二先生看，他说：“写得很有天真感。”

“很符合你的气质。”我打趣道。

“人生难得傻天真，我现在有点聪明过头。”

“世事都看透彻了？”

“之前有点看破红尘，现在是执于红尘。”

我们常你一言我一句漫无目的地胡侃。他说起商业方面的事，尤其无奈。我安慰他：“送你一幅书法作品，开心些吧。”

我又请画家写“云水禅心”四个大字。

我问他：“你希望我将书法作品寄给你，还是等有机会见面再给你？”

他说：“来青岛玩吧，请你看樱花。”

3

我没有去青岛，大概认为时机未到，还没到自然而然相见时。

五月二十二日是二先生的生日，零点零分的时候，我发了红包送了祝福，也早在一周前就寄了生日礼物。

他早上八点才回复消息：“你可真是一个有心的姑娘。”

“我也不是对谁都有心。”

“我明白。”

当天，他发了一首诗给我，是他写的最后一首真正意义上的诗：

当时我们还年轻

尚未选中一个姿势

便开始入睡，行走

甚至，入睡时还在行走

当我们老了

晚风把炊烟袅袅的烟囱

哨子一样吹响

日出将成为一件巨大的事情

当我们老了，日子

该飞扬的飞扬，该下沉的下沉

牙齿把它们谷粒般咀嚼

当我们老了，牙齿

该松的松，该落的落

日子把它们琴键般敲响

铁打的人世

流水的世人

谁可许一个今生，来世

供我们端坐

我问他："写完这首诗，你的人生彻底打鸡血了吗？"

他说："也不全是。只是有了另一种生活方式。之前是寻求人生意义，后来是从生活中找乐趣。我倒觉得，牧姑娘，你一直很真性情，很难得。"

我自嘲说道："我唯一的能力就是，将没有目标的道路走得看上去繁花似锦。"

因为生日，二先生心情大好，便发了一张照片给我。从照片上看出，十年前的二先生，青涩，还有胸肌。照片上，他光着膀子，身后一片海，胸前手捧好友的画，一脸忧郁和倔强。

4

端午节我去德州出差，在高速路上看到去青岛的路牌，用手机拍了一张照片，发给二先生。

他说：“在高速上拍照，警察叔叔知道吗？”

我回复：“反正我美。”

他这才回到正题，问我：“什么时间到？有什么安排？”

我答：“在服务区休息，看到去往青岛的指路牌，只是莫名地想起你。”

他发来一个委屈的表情，说：“说得我也心酸了。”

我立马逗他：“去青岛也没人陪我玩。”

他说：“你都来了，我能好意思不陪你玩吗？”

聊天中，得知他在看《硅谷》这部电影。节假日窝在公司看《硅谷》的人，一定是没有约会，也没有必须要见的朋友，只想一个人宅着，能不出去就不出去。这或许是大部分过了三十岁还单身的人的状态。

二十几岁的时候，一个人也能出去瞎逛，去公园拍荷花，一蹲一个下午都不成问题。过了三十岁，激情减少大半，对世界万物的好奇心也不再那么强烈，能一个人独处便一个人独处，最好谁都不要来打扰。

我们在微信上聊了七八个月，说过几次见面的事，可阴差阳错一直没有见成。我想了想，还是缘分未到。情义这种东西，一定要经得起岁月的打磨。

七月末，他告诉我，会到北京出差，约我见面。

不知道为何，我竟紧张起来。读石川啄木的书，看到这样一句：“说是你要来，很快地起来了。这一天一直惦记着，白衬衫的袖子脏了。”

夏天过去了，白衬衫袖子脏了很多回，二先生到底没有来，不过我也没有问为什么。

5

中秋节，我又匿名给二先生寄去了佳节礼物——一瓶杨梅酒和一盒手工月饼。他又像去年一样，在朋友圈发图问是谁寄的。

有时候想，二先生的情商挺让人担忧的。我们聊了这么久，什么人生哲学没谈过，只差看星星看月亮，彼此的风格应该摸清楚了吧？可他还是猜不到，长久以来变换着花样给他寄东西的人是我。

难道，他真认为这世上还有别的姑娘也会做这样的事？他心得有多大，脸有多大？

不过，这一次，他最后总算知道了寄东西的人是我。

我送的手工月饼，是请做手工月饼的老板直接寄的，她正好也是我朋友。在寄东西的时候，她在寄件人的栏目上留了电话号码，二先生通过她的号码加了她微信，在她朋友圈看到我点赞的内容正好是关于手工月饼的，一切都明白了。

或许，缘分到了，时机也到了，一切自然而然浮出水面，很多话是不需要费力去说的。

二先生联想起这么久以来他匿名收到的东西，问我："如果我不知道，你就这样一直寄下去吗？"

我回复他："或许，大概看到喜欢的东西会寄。"

他又说了一次："真是有心的姑娘。"

话说到这份儿上了，我问他："你有没有猜过我的用意？"

他没有回答，反而问我："你有没有想过我可能一直不知道是谁？"

他没有正面回答，大概是因为还没有做好准备。但我知道，他并不排斥这件事情，因为紧接着，他又问我："国庆有没有安排？"

我告诉他，已经约了朋友去我老家看山看水。

他回复："如果时间允许，趁着国庆长假，我也去一趟你老家，一起看山看水。"

只不过，国庆前夕，他告诉我，去南京出差的时间调整了，没有时间去我老家，表示遗憾和抱歉。

我嘴上说着没关系，表面无所谓，内心还是挺失落的。毕竟我不是那个可以令他放弃一些东西的人。

6

十月下旬，二先生知道我要做民宿的事，在微信上问我进展，还推荐了他在浙江丽水做民宿的朋友。他会主动关心我，这在以前是没有过的。二先生甚至提议，有空一起去一趟浙江丽水，探访他们的民宿，学习经验。

自十月份以来，二先生开始主动找我聊点什么，我们不再漫无目的地聊文艺类的东西，而是具体到某项实事，比如民宿、工作、未来。

我终于打开了一个裹紧的蚌，里面可都是珍珠啊。二先生，就是这个蚌。

十一月初，我生了一场大病，因感冒引起的，持续了一个多月。最后咳嗽引起吐血，我去医院检查，又拍X光又做CT，检查的结果是支气管扩张恶化。

二先生知道情况后，安排好公司的工作，从青岛来北京看我。

他来的那天，我去高铁站接他。他站在我对面，笑得很二，手上提着一个鸟窝，说是送给我的。上了地铁，他问我，知道鸟窝的意思吗？

我说，大概是“家”的意思吧。他笑而不语，我真想给他一拳，搞什么神秘。

我带他去了陶园，去取我为他做的陶罐。下午，他在陶园玩泥巴，认真拉坏了一个花瓶，送给我。晚上送他回宾馆，我头靠着车窗玻璃，昏昏欲睡。他怕我撞头，一只手悄悄伸过来，挡在玻璃窗户上。

这种变化我们没有言明，我只是很有安全感地睡着了，一路上，谁也没有打破这份美好。醒来时，望着天空，海底月是天上月，眼前人是心上人。

他走的那天，我们坐在餐馆吃饭，要了两瓶清酒。他坐在我对面，对我说：“你做的事情我都知道，真是有心了。”

我心想，我做的那许多件事情里，他只知道十分之一罢了。可我并不打算告诉他。有些事情，自己在做，也很愉悦。说出来，味道就变了。能细细体会，转而发现惊喜，才是爱的最高境界。

“我大海捞针捡到一只蚌，花了很长时间用心打开，里面全是珍珠。二先生，你是我捡到的宝贝，我喜欢你啊。”

“余生请多多指教。”

他举起酒杯对我说了这句话。我也举起酒杯，用力和他碰了一杯，愿往后的人生路能一起走。

他走的时候，我去送他。站在安检口，望着他的背影走在弯弯曲曲的安检通道，莫名感伤。

因为人多，二十分钟后，他才过完安检。在上楼的扶梯上，他转过头来，看到我还站在原地，他掏出手机打来电话，声音有点哽咽。他说：“人生自古伤离别。但想想以后的日子，还是觉得很安慰。”

那一刻，我才真正明白，来日方长，原来就是不断再见与重逢的过程。

在回去的路上，二先生写了一首诗送给我。

致牧鸯

初心有稚，清静无为
捕云为雨，落土生花

白日烟花，锦衣夜行
人生海海，逢君甚幸

你的名字叫红
你的眼里有雨水和彩虹
你幽幽的心思和坦直
我爱它们

你打开我
像打开一只蛰伏多年的蚌
里面升起星辰
跳起一万条鱼

我在一阵雾里，想象桃源
你在一个梦里，何时眼前
幽心曲折，深山问路

你的脚步织成一张网

打捞起爱的模样

二先生，从见到你那一刻起，我就说过喜欢你了，此后我不会再说了。如果有变，我会通知你。

愿余生一直都有你，还请多多指教。

从　青　春　走　过　的　人，

往事旧情尽皆相似。

*　　*

我曾孤单如飞鸟，看过尘世的喧嚣。

⋆ ⋆

愿余生一直都有你，还请多多指教。

听闻你一直一个人，
你在等谁？

第四章

那你们还在一起吗

我明白你会来，所以我等

1

我开车回老家，车子停在家门口。你在微信上问我：“回来了吗？”

我不知道，你是什么时候从我家门前经过。

我回了句：“回来了。”

年少时期，你去我家前面的学校打篮球，抱着篮球从我家门口经过，会停留许久。直到我母亲出现，她问你：“怎么一直站在那里拍打篮球？”

你红着脸说：“在等人。”

我站在二楼的窗前，看着你羞涩的样子，偷偷地发笑。你抬头看到我，明亮的眼睛闪着光，也跟着笑，然后一溜烟跑走。

你去云南大学读书，每年寒假都回来，依然抱着篮球去学校打球，经过我家门口，你还如同年少时一样，站在我家门口拍打篮球。

我母亲出门，看到你在，问你在等谁。

你说："她今天不会来了。"

后来，我母亲对我讲，你那个同学很怪，想见你也不直说。男生性格太内秀，也不是好事。

我只是笑。

你在中南大学读研，邀请我去长沙玩。或许那是你和我说话最多的一次。

我答应了，你就在火车站等我。

可惜，我因工作的事情没去成，在QQ上给你留言，可能你没有看到，依然在火车站等我到半夜，才打车回学校。

不过你一直没有告诉我，我是听你室友说的。

你读博后，听说谈了一个女朋友，但没多久就分手了。

我问你，为什么没有好好把握？

你说，长得再像我，也不是我。

前两天你开车路过我家门口，将车停在马路边，下车的时候，我抬头看了你一眼，你朝我笑了笑。

我们一直站着对望，我脑海里闪过顾城的《门前》：

我多么希望，有一个门口
早晨，阳光照在草上

我们站着
扶着自己的门扇
门很低，但太阳是明亮的

草在结它的种子

风在摇它的叶子

我们站着，不说话

就十分美好

2

你说你爱我很深，但是你不知道的是，在我最好和最坏的日子，你都没有在我身边。

前些年我山居那段日子，你常来看我，还教会我骑摩托车。

有天我从县城回镇上，很晚了，没有赶上班车，你来接我。

你骑摩托车的样子很帅，我坐在后面，到了遇仙桥，你将摩托车停下，走上亭子，黄昏的光线映照在桥底，我看着你的背影，莫名想起一句话来：

“请打开窗子，我就会来临，你应该是一场梦，我应该是一阵风。”

我要去爬最高的金子岭，你骑摩托车载着我走在山路上，哪怕那天你要去见师父。

山路十八弯，蜿蜿蜒蜒，曲曲折折，你给我戴好安全帽，让我抓紧你，不要甩出去滚到山涧里。

到了山顶，我问你：“不去见师父真的好吗？”

你笑了笑，答道：“你更重要。”

我结束山居的日子，回大城市上班。你来看我，我因病没去见你。

你回去后，我因为没有见你觉得抱歉，想送东西给你，以表歉意。

你回了一句：“以后再说吧。”

没几个月，你儿子出生了。你说爱我，却和别的女人生孩子。

我去县城，在北大门买烧烤，你不知道何时站在我身后，拍了拍我的肩膀。

我回头，你抱着儿子，笑着和我打招呼：“好久不见。”

我杵在原地半晌也说不出一句话，卖烧烤的大婶问：“烧烤还要不要？你们两口子准备打包还是在这儿吃？”

我没有接话，你也是。

最后还是我说：“打包吧。”

我知道，总会有一天，一定会有一个人在漫长的人生里握住你的手，教你怎么去生活。你也能有怀抱安睡，还会抱着像极了你的孩子来见我，他无师自通地叫我阿姨。

3

我和旧友坐在江边喝酒，喝到黄昏，听他们说你结婚了，日子过得不好也不坏，吸烟很多，喝酒很少，大风天依旧感冒，不再画画，挣钱不多，忧愁不少。

关于这些，梦里见我，你都没说。

我大哭了一场。哭着哭着就累了，在柳树林里的吊床上睡着了。

风轻轻地吹过，桂花香飘染全城，我枕着桂花香味入梦。

记得以前我们一起上课的日子，你常找我借书，还常不还。我时常催你还书，你就胡乱编一个理由——书被某某班的谁借走了。

有天我去收作业，路过你的位置，看到我借给你的书，你正枕着睡觉。

上大学的时候，你有一堂分享课，还蛮受欢迎的，很多学弟学妹喜欢听你讲课。

有天晚上天气冷，来的人不多，课程结束后，你和学弟学妹们一起走。

在路上，聊起名著里那些一见钟情的桥段，有位学弟突然问："一见钟情和日久生情哪个更长久？"

你说："两个都好。日久生情是聚沙成塔，情分亲厚；一见钟情是一见如故，生万千欢喜心。"

那一刻，我便觉得你的形象很高大。

我北上的时候，你去送我，站在车站广场上，对我说："好好照顾自己，等我来娶你。"

上车的时候，我一顾再顾。你给我发了一条短信："不要回头，不要有顾虑，大胆地向前走，去做你喜欢的事。"

你哪里知道，我怎么忍得住。那时我不知道什么是爱，很多年后，当我在人群中见到相似的背影，才痛哭失声。

我在北方做着你来娶我的春秋大梦，你在南方音信全无，消失在人海。

多年后，在某个人潮拥挤的街头，透过公车的玻璃窗，我突然看见你。你瘦了，头发也长了，好像上次见你已是上个世纪的事。

我想叫司机马上停车，想用力拍打窗户来引起你的注意，想从车上跳下去，想奔跑，想大喊大叫，想把整个阻隔在你我之间的世界撕裂。

最终，我也只是想在黄昏时偷得你的肋骨酿酒，百年后好醉得有血有肉。

我去了大佛寺。记得以前你说过，如果哪天我们走散了，就去大佛寺门前等。

我在大佛寺门前等了你三天又三夜，我明白你会来，所以我等。

其实故事的结局是，你根本不记得那个约定了。

我也只是从他人口中得知，你和别人结了婚。

我只愿，下辈子赐予我一段指腹为婚的姻缘，免去我找寻三十年仍望不到尽头的等待。

我们为什么没有在一起

1

东明来北京出差，约我见面。我现在也不怎么见生人了，旧时相识的人，如不是对方主动提出见面，我大概也会装作不知道，当他没来过。或许，一个人过得太久了，越发凉薄起来。

见面那天，我们坐在一家小酒馆里，絮叨曾经的往事，一些不可思议、胆大妄为的事情。其实东明说的大多数事情我都已忘却，大部分时间都在附和“是吗”“真的发生过吗”。

有点不敢相信，曾经我们做过那样疯狂的事，也有点怀疑自己的记忆——同一件事物，两人的回忆却大相径庭；有些事情好像被人抽走，变成空白。

或许每个人对同一件事情的看法侧重点不同，人们都只记得对自己有利的那些事情，这也是一种自我保护机制。

最后不知道怎么的，他突然问我：“她过得好吗？”

我当然知道他问的是谁——他的初恋女友，我们共同的高中同班同学——琼玉。

“她已经是两个孩子的妈妈了。她嫁到杭州，和老公开了一家公司。她大概是我们这些同学中过得最好的一个吧，至少有喜欢的事做，还有爱她的人，也不用为钱财发愁，衣食无忧。”

“我还以为她过得不好。这样也好。”

我不知道东明最后一句话是什么意思，难道他打心眼里，是不希望那个曾经爱他爱得死去活来的人过得好吗？还是说，突然听到她过得很好的消息，心里有点酸，也有点失落？

“你错过了她，是你没有福分。她现在过得幸福，你应该祝福她。”

2

琼玉长得不算漂亮，成绩也很一般，几乎没什么朋友。一开始我和她不熟，高二的时候，我们做了半个学期同桌，才熟悉起来。

她其实是一个很难琢磨的人，她故意将自己隐藏起来，不希望有人注意到她，她就像大街上来来往往的人潮中的某一个，很普通，毫无特质，你根本说不出哪里好。在当时看来，她的性格还有点怪。

我们虽然是同桌，但话不多。偶尔，她也会和我讲很多话，她讲话的时候，我基本没法插嘴。有时候，她又会悄悄地给我买好吃的，直接放在我桌上，也不说别的，就说：“吃吧，吃吧，给你改善伙食。”

有天夜里，下了晚自习，在回宿舍的路上，她和我说：“我喜欢上了一个人。”

我很惊讶，像她这样从不表现自己，活得像隐形人的女生，也会动感情？有点不可思议。

“他是谁啊？”

“第八组倒数第三个。”

我想了好久，也没想起来是谁。我们的座位相隔那么远，她怎么注意到他？想不通。

隔了一天，我特别观察了一下，第八组倒数第三个是谁——原来是东明。东明个子高高的，还有点痞痞的样子，上课睡觉，下课玩闹，完全是差生里的标杆。

“你喜欢那种类型啊？”

“他本来就不错，是我从人堆里挖出来的宝贝，你们不知道他的好，不然我也不会迷恋。”

“说起喜欢的人，你这么直接？”

“我为何不敢说出心里的话，这又不是什么丢人的事，若是鬼鬼祟祟、偷偷摸摸，心里喜欢了别人，嘴里却不敢说，那才叫丢人……你说是吗？”

“他知道你的心意吗？”

“嗯。我给他写过一封情书，但他没有回信。有次放学，教室无人，我去问他，他说不认识我。”

我没忍住笑出了声，调侃道：“他就算认识你也未必喜欢你。因为你们根本不是同一个世界的人。”

“只要我喜欢他，无论他喜不喜欢我都没关系。何况，就算他现在不喜欢我，我也有法子叫他喜欢我的。”

我没料到她会这么说，她对感情世界的认知远胜于我，并且十分清楚自己想要的是什么。

3

高中毕业后，我们上了不同的大学，各自也有了不同的人生际遇。我偶尔也会听到琼玉的消息，有同学说她去了东明的城市，他们在一起过，没多久就分手了，后来又复合。总之，他们两个人的事情，常在班级同学聚会的时候，被人提起。

大家都感到不可思议，东明怎么会喜欢琼玉？也有人说，东明根本不爱琼玉，不过无聊寂寞时，和她在一起打发时间，等新鲜感一过，又会分手的。

七年前，东明的父亲因为赌博将家产全部输光，还差点赔上性命，外债欠下太多，如果不尽快还清，后果不堪设想。琼玉为了帮东明家还债，到处找人借钱，还把她父母买给她的房子偷偷卖了。她何尝不是拿所有身家去赌一个注定没有未来的结局。

当时的东明还很欠抽地说："要我感激你吗？还是要我做你的奴隶？"

虽然嘴上这么说，最终东明还是拿不出那么多钱，向她低头拿了钱去替父亲还债。

琼玉只说："我不想要你做我的奴隶，我只想你喜欢我，和我在一起。"

我知道的是，东明还债的那阵子他们的确在一起过，不过后来还是分开了。

琼玉跑来找我，她说："他喜欢过我，但也仅仅只是喜欢。他有魅力，但他不属于我。我庆幸在他最艰难的岁月是我陪他度过的，他既然不愿意娶我，我是时候离去了。往后，他会一直记得我。而我，对他的爱，只能到这儿了。"

4

琼玉离开东明后，去了杭州，在杭州与人合伙开了一个工作室，她最后嫁给了合伙人，既是老板又是老板娘。经过几年努力，工作室发展成公司，越做越好。他们还在杭州的郊区买了一栋房子，生活越来越顺风顺水。

自琼玉嫁人后，她再也没有提起那个叫东明的男人，好像那些事情从来没发生过一样，埋葬在风里。

对感情全心全意付出的人，对爱毫无保留的人，就算撞得头破血流，也不后悔，不埋怨，依然热爱生活，对人热情，这样的人大概走到哪里，都不会过得太差。

如果错过那个“最开始不爱你，以后一定不会很爱你”的人，应该是一件幸事，最后没有在一起，也挺好的。

倒是东明，时不时会念叨琼玉，时不时向同学们打听她的消息。早知今日，何必当初。曾经那个你不珍惜的人，早已摆脱过往，化茧成蝶，活得精彩。没有你，她过得很好。你若知道，也应该感到欣慰，并且祝福她。

以后，也无须时时惦记，时时打听，她的幸福再也和你没有关系了。

5

晚上，东明喝了很多酒，在送他回酒店的路上，他问我：“你曾经主动放弃的那个人，如今也是事业小有成就，儿女双全，有房有车，你有没有后悔过？”

“没有。从来没有。”

"我不相信。这么多年过去了，你还是一个人。你把最好的十年都耗费在他身上，用十年的时间陪他成长，和他同甘共苦，激励他上进。可惜，在你离开的第二年，他就和别人结了婚，让别人捡了大便宜。现在他混得那么好，要说没有后悔，谁信。"

唉，这个世界上怎么会有那么多人喜欢凭自己的主观臆断去判断别人。他们深陷泥潭，还试图将其他人拉下去，和他们一起无法自拔。

有些人怎么会明白，我如今过的生活就是我想要的。

曾经，我们在一起，因为我们无话不谈，一起成长，一起走上社会，一起迎接风雨，一起憧憬美好的未来。只是走着走着，越来越发现志趣不同，喜好不一样，也没有共同语言，没办法风雨同舟了。

当时年纪小，路还长，往往既不了解真实的自己，也不了解对方。在这个碰撞过程中，会慢慢发现原来自己想要的和对方能给的根本不一样，最后，我们不再合适。就像小时候特别喜欢那种有声音的鞋子，长大后，就不合脚了。

因为舍不得，我们也试图打破僵局，试图回到从前，也曾在内心里问过千百次，我们真的回不去了吗？似乎是的，当答案变成肯定的时候，就不应该再继续下去了。

我们不是不爱，只是我们真的没办法一起走下去了。既然这样，彼此祝福——愿你晴空万里，愿你乘风破浪，往后，各自过好自己的生活，这样不是很好吗？

最后没有在一起的人就是错的人，也是因为没有缘分，既然没有缘分，错过也不必遗憾。我们没有在一起，我不后悔，愿你也不后悔。

你是谁也替代不了的人

1

大学的时候，柚子喜欢体育学院一位跑田径的男生，我笑着和她说：“你还是换个目标吧。”

“什么意思？”柚子疑惑地看着我。

我和柚子是同宿舍的室友，关系又亲近，不好意思和她讲实话，就说：“体育生四肢发达，头脑简单，与我们哲学专业的人不搭。”

“我喜欢就成。”

我在心里默默地说，可他不喜欢你啊。

没过几日，柚子跑到体育学院去向田径男表白。那天下午，“南风又见麦黄映着四月田”，大好的天气，的确宜谈情说爱。

田径男正在操场上训练，跑起来的时候，他的矫健身姿的确帅极了。我和柚子坐在看台上，无聊地数着田径男跑了多少圈。

训练结束后，柚子像燕子一样飞了出去，手上拿着一瓶水，冲到田径男身前，把水递给他。田径男愣了一下，没有接水。

柚子和田径男说了什么，我不知道，坐在看台上也听不清。田径男没多久就走了，柚子才缓缓回到看台上，她脸红彤彤的。

“怎么样？”我问。

“他拒绝我了，他说没时间谈恋爱，要训练。”

“你信吗？”

“我当然相信。你看，他每天都在训练。”

柚子不知道的是，有好多次的傍晚，在明月湖边，我看到他和其他系的女生约会，而且不是同一个女生。

柚子被拒的重要原因是，柚子长得不好看，连约会的机会都没有。

2

不久后，田径男就和外语系的一个高一届的学姐在一起了。柚子皱着眉头沮丧了好几天，我叫她去看电影解闷散心，她也不去。

她闷头闷脑地问我：“他为什么要撒谎？他是不是嫌弃我年龄小、不够成熟？”

我想一巴掌抽醒柚子。到了这时候，还问这种话，我以为她应该明白了的，他就是不喜欢你啊。

只不过，我只是默默地低着头喝水，没有接她的话，因为柚子最后又说了一句：

“可是我真的很喜欢他。”

3

外语系学姐毕业了，考去西安一所知名大学读研，田径男跑到西安去找人家。

我当初以为田径男只不过是和学姐玩玩的。他以前从没有固定女友，像他那样的人，每天收到的情书能办个人展览，冬天收到的围巾可以绕地球几圈，选女友应该会挑花眼吧。

没想到他对外语系的学姐还挺钟情，从我们学校追到西安，千里追情，好像蛮感人的。

令人意外的是，学姐将田径男丢在西安火车站，还让他以后不要再去西安找她。

田径男回到学校后，萎靡了一段日子，惹得许多女生心疼不已，柚子就是其中一个，但他始终无动于衷，还一直联系在西安读研的学姐。

男人总是向不把他看在眼里的女人献殷勤，命运也是。

不过，柚子对于喜欢田径男这件事情，特别执着，攻势从未减弱，反而越来越猛烈。

每天晚上，柚子泡在QQ上“勾搭”田径男，非常有耐心地发消息给他，哪怕田径男从来没有回复过。

柚子问我：“我现在有机会的吧？”

我“嗯”了一声，含糊地说：“或许是的。”

其实我后面还想加一句——除非你去整容。这个看脸的时代，柚子那样的是没机会的。

田径男就算没有学姐，还有那么多同届的女生及学妹，围绕在他身边的，哪个不美，身材不好，胸不大？

4

大四的冬天下了一场大雪，柚子和田径男终于在一起了。

那是一个雪夜，柚子在QQ上约田径男出去吃火锅喝酒，柚子原本没抱什么希望，没想到田径男应约了。

柚子打扮得美美的出门，当晚她没回来，第二天上午才回宿舍，满脸红润，走路都飘，还有点兴奋。

她走到我面前，幸福地说："他已经被我盖戳了，以后永远永远都是我的男人了。"

柚子花了两年多时间去追一个不可能的男生，终于在一起了，确实是破了纪录。

舍友们都围着柚子问："是怎么搞定田径男的？"

柚子说："等啊。除了等，我哪有别的法子。"

后来我听说，田径男的朋友都说，柚子配不上田径男，田径男一时寂寞才和她在一起的。柚子听到后也没有不开心，还请田径男的朋友们吃饭，在饭桌上，柚子说：

"我知道你们不喜欢我，也觉得我配不上他。我也知道他有很多人喜欢，不过拿得住才算是本事。有人喜欢他一下子，而我会爱他一辈子。

"据我所知，一般人喜欢一个人却得不到回报时，往往感到伤心失望，继而变成愤怒和尖刻。我不是那样，我从未奢望他来爱我，我也知道我不惹人爱。他喜欢我，你们不信，可时间会作证，你们都是见证人。"

在场的人都沉默了，其实我也是。

大多时候，我们事事都计算得清楚明白，也算计得很精，付出了多少，就要拿多少回报。

常比较自己爱对方多一点还是对方爱自己多一点，时时博弈，在这样的计算中，往往会丢失最珍贵的东西。

我们以为柚子很傻，活得糊涂，其实她看得最清楚，最明白。她知道自己是什么样的人，要的是什么，所以她等到了她想要的。

5

大学毕业后，柚子考上北京一所高校的研究生继续读书，田径男也随柚子去了北京工作。

柚子读研期间，田径男的绯闻不断。常听人说，去西安读研的学姐毕业后也去了北京，对田径男旧情难忘，有意复合；又听人说，田径男公司的女同事也对他虎视眈眈，常常约他。田径男还和在学校一样，成了一块肥肉，人人争抢。

这时候的柚子，已经不是当年的柚子了，懂得了打扮和化妆，爱上了运动，减肥非常成功。她一直在成长，在修炼自己，学业、美貌都没耽误。

所以，读研期间的她，一点也不担心田径男的那些绯闻，而且她非常笃定，就算他离开了，也只是缘分已尽。

那段时间，柚子也不写论文了，我们常在室友群里聊天，室友问她："变好看的诀窍是什么？"

柚子说："我只是想，当他的新娘的时候，站在他旁边，我们是天作之合的一对，男有貌女也有，男有才女更有。"

6

柚子研究生毕业后，在北京一所知名中学教书，没几年工夫，就升职为招生主任，这可是炙手可热的职位。在北京的知名中学，不是一般人能做出这样的成绩的。

如不是努力拼搏，柚子怎么可能几年时间就升职、拿到高待遇呢。

柚子分到一套房，房子虽是学校的，但在北京不用担心住房问题，已经解决了一半忧患。

田径男想自己创业，他没有多少底气，没下定决心，手里也没有多少钱，和柚子商量。

柚子说："去做你喜欢的吧，假如创业失败，一日三餐三个馒头，我养得起。"

从这时候开始，柚子与田径男的差距拉得越来越大。柚子的人脉与人际关系越来越好，人也越来越漂亮，越来越知性，薪资待遇又好又稳定。田径男开始发福，身材变得圆润，创业之后，容颜也衰老了许多，手头资金也时常紧张；在北京，他没有钱买房子，也没有钱买柚子想要的，创业之后，为了节约房租，他还住在柚子的房子里。

这时的柚子身边不乏成功人士追求，大家都觉得柚子会选择条件更好的。但柚子谁也不选，还向田径男提出，要和他结婚。

她说，我不要房子，不要车子，不要你事业有成，我只要你。钱我赚得到，房子我也买得起，我们的爱情没有谁买得走。

在婚礼上，柚子明媚动人，笑靥如花，站在新郎旁边，幸福得像一个小女生。

柚子站在台上，举着话筒，向亲朋好友们说：

"没遇到他之前，我从没想过要结婚。我只知道，这一生的最爱，在下一世连一点痕迹也不会留下。今生，不管他变成什么样子，我都爱他。曾经，大家都说他帅，只有我说不出他哪里好，但就是谁也替代不了。"

7

婚后没几年，田径男创业成功，对柚子也极好。

田径男如果去外地出差，一定会给柚子买礼物；每次出去应酬，都会在晚上十点之前回家；不管公司多忙，周六日也一定会留时间，陪柚子去学校的操场散步。两人琴瑟和鸣，恩爱有加。

当初看起来最不般配的一对，经过岁月的洗礼，时间的见证，成为羡煞旁人的一对鸳鸯。

有年，同学聚会上，大家都向柚子取经，怎么做到结婚几年还甜如初恋？

柚子只笑着说："我只不过相信自己也相信他啊。"

大家略有失望，只有我知道，在感情里，经验是最不靠谱的东西。

爱情就像一条河，谁不是摸着石子过河。柚子只是比一般人有耐心些，内心强大一些罢了。婚姻更需要经营，需要情调，懂得珍惜，不抱怨，才是上策。

就如柚子说的，她相信他，虽然说不出他哪里好，可就是谁也替代不了。既然这样，那就好好爱，好好珍惜。

你的爱人等你开着宝马去娶她

1

今天是我的三十岁生日，我刚从一家大排档撸串喝酒回来。回想起来，在这座城市里，我没有朋友。生死之交遍布五湖四海，同城却找不到人约饭——这是我的社交现状。我从清晨等到薄暮，没有收到任何一条生日祝福。路过街角，听到有人在弹唱：

你三十岁的内心总还波涛汹涌
可说出的话却是那样言不由衷
听他们谈起梦想你努力作哑装聋
你是别人口中碌碌无为的孙大剩
你是掉进人堆也找不见的孙大剩
……

孙大剩，你的爱人等你开着宝马去娶她

孙大剩，你多想在那皋兰山下有一个家

孙大剩，你想起从前和你同甘共苦的她

孙大剩，你说过要把世界打得满地找牙

孙大剩，你却张着嘴巴流着眼泪说不出话

……

听到最后，眼角湿润了，喉咙哽咽，我骂自己，没出息。老娘跟着人跑了的时候，我没哭过；和芙走的那天，我也没哭过。为家为国都没哭过，这是闹哪出。

这时，我的手机响了，是微信消息：

“卢哥，生日快乐。一个人吃点好的吧。”

握着手机，作为一个三十岁即将发福且迈向中年队伍的男人，还是感动了，因为我终于收到一条生日祝福。我不知道为何如此渴望，虽没有万千欢愉，却如此想要一个证明——我不是边缘人。

这时，方方打电话过来，我吸了吸鼻子，接通电话，假装粗声粗气地责备道：

“有什么事？”

“卢哥，和芙姐要结婚了。”

“……”

“卢哥，你到底听到没有？和芙姐要结婚了，你个大傻子！去找她吧！”

2

五年前，我做工程审计，公司所接的项目都在外地，所以我常常全国各地跑。有次出差到江城，陪同项目负责人吃饭，酒足饭饱后，去一家KTV唱歌放松。

我在KTV认识了和芙，她是那家KTV的服务员。

我们一群人趁着酒兴，在KTV鬼哭狼嚎地干吼。其实，没有一个人会唱歌，也没有人唱歌走心，我在点歌台的菜单里选歌，没有一首歌能够唱完整。

这时和芙送饮料进来，不小心打翻了，正好扣在项目负责人的衣服上。和芙表情慌张，不知如何处理，傻傻地看着项目负责人，只顾拿纸巾在他衣服上乱擦。项目负责人可能喝多了，一把握住和芙的手，说了句："不要擦了，陪我唱首歌。"

和芙本能地挣扎，用力甩开了项目负责人的手，恰巧一巴掌甩在了项目负责人的脸上，"啪"的一声，那么热闹的KTV都能听见。大家看着和芙，都有点吃惊，有些人或许还带有点兴奋。

和芙意识到自己犯了大错，立马道歉："大哥，对不起，我……我……不是故意的……"连说话都结结巴巴了。

项目负责人一把抱住和芙，言行举止都带着点轻浮了，他说："要么陪我唱首歌，要么让我亲一下。你打客人，我要找你们经理。"

和芙手脚颤抖，几乎带着哭腔说道："大哥，对不起，我……我真的不是故意的。如果告诉经理，我这个月的工资就没有了……"

她手足无措，又很窘迫，一边掰项目负责人的手，一边向四处张望。我们四目相对，眼神里划过别样的东西。她几乎用乞求的目光看着我，或许是希望我能够帮帮她。

我站起来，拿着两杯酒，走到项目负责人旁边说："王总，一个小姑娘，你吓唬她干什么。来来来，我们喝酒，我陪你唱两首。"

项目负责人看了看我，一脸坏笑："英雄救美？好，好，好，大审计有心做好人，我也要给面子的不是，我成全你。你喝完这瓶，她该干吗干吗去。"

那是一瓶洋酒，我心里没底，但已经到这个份儿上了，我只好硬着头皮，抓起酒瓶子一口气喝完，"哐当"，瓶子落地。我只感觉整个人向下倾斜，眼前一阵晕眩，天旋地转。旁边的人赶紧起身一把扶住了我。

和芙还傻傻站在原地不知所措，同行的一个与我关系较好的同事对和芙说："你快出去吧。"

我扶墙去卫生间，她就站在门外。等我从卫生间走出来，她和我说谢谢。我点了点头，算是接受她的谢意，然后准备回包厢。

她跟过来，说："那个，我想请你吃饭，表示感谢。"

江城的工作完成得差不多了，过几天我就要走了，所以谢绝了她的好意。她很坚持，还问我要了联系方式。后来盛情难却，我答应了她。

3

和芙选了一家靠江的饭馆。我提前到了，坐在临江的一张桌子，吹着江风，心不在焉。等了半小时，一个清秀姑娘向我走来，头发披肩，穿着一条白色连衣裙，脸上也没敷胭脂水粉，素净自然。

我睁大眼睛看着她，她笑意盈盈，向我招了招手，说："不认识我了？"

我咧开嘴笑了笑，待她坐下来，我说："你不化妆好看多了。"

她也笑了笑，不过那笑里闪过一丝尴尬，说："我叫和芙。你呢？"

“卢大旺。”

“咯咯咯……”

和芙发出清脆的笑声，一个名字能惹美人一笑也是值得的，至少不用学周幽王烽火戏诸侯，损失惨重多了。

点菜时，她要了一盆毛血旺，然后说：“坐在江边吃毛血旺，吹着江风，有一种荡气回肠的美。”

我看她言谈举止充满情调，忍不住说：“你一点也不像在KTV工作的人。”

她托腮别过头看向江边，过了很久，才反问我：“KTV服务员应该是什么样子？”

我被问住了，一时语塞，她又说：“生活在底层的人也可以很诗意。不过，这种诗意是带着残酷的美。”

她见我不知道如何接话，又恢复刚来的样子，笑意盈盈的，很轻松地说了一句：“你吓着了？”然后一个人笑起来。我总觉得她的笑容里掺杂着其他很沉重的东西。

我们一边吃饭，一边聊天。她告诉我，她家境不好，父亲早逝，母亲身子弱，药不离身，弟弟妹妹还在上学，她是家里的支柱。有时候被生活逼得走投无路，甚至想过所剩的不过一副臭皮囊，不如谁要谁拿去。

我笨嘴笨舌，也不知如何安慰她，喝了一口水，说了句无关痛痒的话：“总会过去的。”

其实我明白，很多事情并不是过去了，只是习惯了承受那份沉重。

她又说：“其实，‘皮囊已锈，但污无妨’，有什么要紧的，你说是吧？”

我怔怔地看着她，突然发现坐在对面的这个面容清秀的女孩，心思深不可测。

吃完饭，我们各自散去。我结束了江城的工作，回到公司总部。我和她有很长一段时间没有联络，在工作的忙碌中，我也渐渐将她抛在脑后，毕竟每个人都有自己的路要走。

4

再与和芙有联系，是因为我认识了一个叫方方的女生，她是我另一个项目的接待人。方方似乎对我热情高涨，只要我有需要，她随叫随到，我所有的要求她都能完成得很漂亮。

无事可做时，我常和项目组的人去吃饭唱歌，要么去洗浴中心泡一晚上，第二天回家，总觉得身心乏力，对什么都提不起兴趣。我所理解的人生就是这样的吧：了无生趣地活着，且挺住。

有次，方方组织了一个活动，非要叫上我，我计划在家躺一天的美梦破碎了。我跟着方方到了活动现场，方方忙着接待，我则绕着现场转了一圈，毫无意思。美女确实挺多，个个打扮得花枝招展，这种活动性质类似联谊，若说她们没带任何目的，我是不怎么相信的。

我随意找了个地方坐下来，没过多久，有人拍我的肩膀。我回过头，方方站在我身后，同时，我还看到了一张很熟悉的脸。我吃惊地站起来，对方也吃惊地看着我，异口同声说："是你？"

"是我，好久不见。"

她大方接过话，又笑起来，她真是一个爱笑的姑娘，那笑容和我第二次见她的时候一样。没错，她就是和芙。

方方在一旁愣了好几秒钟，问我们："你们认识？"

我们点了点头，方方才"哦"了一声，然后说："那我不用介绍了，我和和芙姐是老乡。”

和芙很自然地与我坐在一起，方方忙着活动的事宜，一时顾不上我们。

“上次，你走的时候也不打声招呼。”

“哦，你不是有我的手机号吗？”

“手机被人偷了，号码全部丢失。”

和芙与我一点也不客套，虽然我们只是很久以前见过两面，却像是老熟人。

“活动没有什么意思，不如我们走吧。”过了一会儿，和芙对我说。

我问：“去哪儿？”

和芙说：“沿着护城河散步呗。”

我觉得有些不妥：“方方怎么办？”

和芙说：“她现在顾不上我们，活动结束再和她说吧。”

说走就走，我们离开会场，来到护城河边。天色不好，天空灰得像哭过，昏昏暗暗的，还带着蒙蒙的雾气。和芙不说话，只是和我并排走着。我想，如果我再不说点什么，似乎对不起这么好的氛围。

我试探着问：“你不是在江城吗？”

和芙没想到我突然说话，“啊”了一声，扭头看了看我，才笑笑说：“只许你各地跑，不许我看世界吗？”

我也笑起来：“在这里遇见我，是不是发现世界很小？”

和芙说：“好巧，原来你也在这里。”

我们相视一笑，和芙一本正经地说：“我只是路过这里，来探望方方。”

我“哦”了一声，然后问她：“你还在KTV上班吗？”

她摇了摇头，说：“不了。”

我有点惊讶：“你现在在做什么？”

“跳舞。”

“在哪儿跳啊？”

“舞蹈班。”

我“哦”了一声，不再言语，她也没有再说话，我们沉默了许久。不知不觉走到地铁站，她说要搭地铁回去了。我送她进站，一直将她送到站台上，这一路都没有说话。

地铁过来的时候，我说：“那，再见。”

她上车之后，关门的刹那，拨通了我的电话，我透过车窗看到她向我招手。我们握着手机，透过玻璃窗看着彼此。终于，她在电话里说：

“我喜欢你，就算知道没结果也很喜欢。我在下一站等你，如果你来的话，我们在一起吧。”

然后列车进入隧道，将我甩在无人的站台，只剩下轰隆隆的声音。

不知道是男人的本能，还是其他什么驱使我，我觉得一定要去下一站。

当我走出车厢，和芙正坐在站台的凳子上朝着我笑。我走过去，抱住了她：“就这样在一起一辈子好不好？”

“好。”

5

我非常担心异地恋，从小就有阴影，和家庭环境有关系。父亲常年在外找活做，母亲在家照顾我，后来承受不了生活艰辛，跟着人跑了，之后我再也没有见过她。我不知道她在这个世界上的哪个角落，是否还活着，是不是活得挺好，还是过得不尽如人意？

我常想，人的心到底有多狠，才会舍得抛弃从身上掉下来的一块肉？当苦难遇见爱，爱就变得微不足道了。

我与和芙在一起后，刚开始的三个月，我每周都要去一趟她的城市，虽然恋爱成本大，但我愿意。每周能够见到她，陪她吃顿饭便心满意足，至少这能带给我安全感。

和芙却说："哪怕天各一方，也不足为惧。只要相爱，距离又算个屁。"

虽然和芙的决心比我坚定，不过，没多久我还是辞职，去了有和芙的江城，心里才算踏实。或许因为之前做项目时待过一段时间，在江城，我适应起来还是很快的。我找了一份虽然不能大富大贵却还能过得去的工作，每天按时上下班，也不需要再出差。以前我像无根的浮萍，现在终于安了家，幸福感油然而生。

每天清早起床，我第一眼看到的是和芙，抱着她醒来，看着她埋在我胸口熟睡的脸；我做饭时，她会从背后拥住我；我下班后，和芙在家会做好饭等我，如果她去跳舞了，我会去舞蹈培训中心接她；一起看电视，一起吐槽；夏天的夜里一起散步，再抱颗西瓜回家，用勺子一口一口挖着吃；我们还养了一只狗。

或许幸福就是这么简单吧。只要早上起来，看到她和阳光都在，这就是我想要的未来。我想，要是一辈子就这么平淡走完，余生无憾。

我们过了一年这样的日子，爱得如胶似漆。这时，和芙被舞蹈培训中心选中，送往另外一座城市深造，据说还要去国外参加比赛，那段时间，和芙排舞压力很大。而我却不希望她离开，甚至常常劝她放弃这次机会。我们陷入一种互相不理解的状态，和芙变得不爱说话，只顾跳舞。

我知道这次机会对她来说来之不易，但我有我的担心。我怕她一去不回，我也无法理解她说爱我却要离开我。

和芙却说："我爱你，但我不会因为爱你而放弃跳舞。我想抓住这次机会，我想生活得越来越好，不希望家人受苦。"

我闷声闷气地说了一句："是不是臭皮囊早已卖过才有机会跳舞？"

"啪！"我挨了和芙一巴掌，脸火辣辣地疼。

和芙冷冷道："原来在你心里一直这么想我。"说完她拉着行李箱走了。

这一巴掌也将我打醒了，我竟然说出那种混账话来。在她想要过上好日子的时候，我并没有安慰她一切还有我；在她想要做自己喜欢的事情时，我想到的只是不愿失去她。

我追出去，而她早已消失在夜幕中。这场景似曾相识。我想起母亲离去的场景，还有那天在护城河边散步，天空灰暗得像哭过。冥冥之中一切早已注定。

6

和芙走后，我一蹶不振，过了一段醉生梦死的日子。纵然心中有爱，奈何心中还有恨。我没有勇气去找她，她也没再回来过。

江城除了她，我没有别的朋友，她走后，我只剩下自己了。我越来越不爱社交，也越来越不愿意出门。

方方来探望过我几次，看到家里一片狼藉，帮忙收拾屋子。窗明几净之后，她带走了那只狗。那只狗几个月也没有洗澡，一身臭气，她实在不忍心看到它过着吃了上顿没下顿的日子。

方方走的时候说："一蹶不振的人生别提有多爽了，至少可以很舒服。”

方方再来的时候，买了一面大镜子，至少有一堵墙那么大，放在客厅。

她说：“每天照照镜子，总有一天你会如梦初醒。那时候我还在。”

我也是从方方那里知道，和芙母亲病重，要做手术，向亲友借了一圈也没凑够手术费。这时有个一直追求和芙的男人拿出一笔钱解了和芙的燃眉之急，母亲的手术也非常成功。和芙母亲身体康复之后，男人向和芙求婚，和芙答应了。

方方说：“求婚当天，男的开着豪车去的，真是有钱人啊。”

方方还说：“和芙姐要结婚了，你去找她吧。”

“没必要了。”我说。

方方很吃惊，在电话那头说：“卢哥，你如梦初醒了？”

“嗯，我做了一个很长的梦。在梦里我失去了爱人，一蹶不振。清早起来再也看不到她，可我看到了你。有天我半醉半醒之间，朦胧中看到你站在窗前擦玻璃，一束阳光洒进来，我好像看到了未来的样子。

“我是一个缺乏安全感的人，当初纵使知道自己有些无理取闹，但就是想要证明自己的重要性，而她的离开证明了我不重要。

“我现在明白，爱再多、再深、再浓，也抵不过生活，更好的生活才是最大的保障。

“很多人闯进你的生活，只是为了给你上一课，然后转身离开，我们不是同路人，早点分开也好。她已经有别的男人开着豪车去娶她了。方方，你也需要一个爱你的人开着豪车去娶你。

“你愿意等我开着宝马去娶你吗？”

“我愿意。”

遇见你，像中了彩票

1

前几天我收到宝姑娘的结婚喜帖，她笑哈哈地问我，能不能去参加她的婚礼。我瞥见喜帖上新郎的名字是阿水，没想到他们真的能修成正果。

我对恋爱中的朋友最常说的一句话就是：你们怎么还没有分手？可这些被我问过的情侣，偏偏就一直没有分手，反而结婚生子，情比金坚，肩并肩过下去了。

我和宝姑娘曾经是同事，都属于在单位里做事不积极、混吃等死的那种类型。其他同事每天像打了鸡血，每次员工考核，我和宝姑娘无一例外落在最后两名。

反正习惯了，也都无所谓。或许因为心性差不多，我们常走在一起，无非是中午一起吃饭，下班后一起逛街看电影，偶尔周末也会一起去郊外游玩。这样的日子持续了一年多。

有一天，宝姑娘告诉我，她恋爱了。我听完后，笑了许久。我问她：“从来没见你和男生说过话，你和谁谈恋爱呀？”宝姑娘略有羞涩，傲娇地说：“有的是人喜欢我。”

我以为她开玩笑。渐渐地，她中午不再陪我出去吃饭，而是在办公桌前煲电话粥；周末也不再约我。我才相信，宝姑娘真的恋爱了。那个唯一能够陪我玩耍的人，也有人爱了。顿时，失落感侵袭全身，好像谁将我的宝物抢走了一样。

2

有一次，我和宝姑娘半开玩笑地说：“这么久了，也没见过你的男朋友，捂这么严实，怕人抢啊？”宝姑娘朝我挤挤眼，嫌弃地说：“又不是什么帅哥，有什么好看的。”

虽然宝姑娘嘴上嫌弃，眼角却带着笑意，一脸幸福荡漾。最后她说：“等我们搬家了，请你来做客呀。”

我吃惊地问：“你们住一起吗？”

宝姑娘害羞地说道：“他说‘一想到能和你共度余生，我就觉得这样的余生简直太令人期待了’，所以我们住在一起了。”

我皱着眉头：“肉麻不肉麻？言情小说看多了。”

宝姑娘莞尔一笑，说：“等你遇见那个人的时候，就会明白这些都不算什么。”

我望着宝姑娘出神，以前我没有细看她，都没有发现她的变化，这一望，惊觉宝姑娘和以前不同了。以前的她，对所有的事情，不管是生活上的还是工作上的，时常充满抱怨，常年头顶一片乌云飘来飘去。

现在她坐在我对面，温婉自信，我还真许久没有听到她的抱怨声了。她的皮肤虽不白皙，可比起以前光滑了许多，整个人神采奕奕。爱情的魔力真有这么大吗？

3

没过多久，宝姑娘约我周末去她家做客，还说，她男友刚从国外出差回来，给我也带了礼物。那天真是一个好天气，我收拾好自己，去宝姑娘家，到了才知道，不是一般的小区楼房。

宝姑娘家坐落在海边半山腰，是一座三层小洋房。我到了之后，宝姑娘出来接我，领我进了院子。我迫不及待地问她："这一栋楼都是你们家的？"宝姑娘应了一声："嗯。"

我吃惊地看着她，开玩笑说："你不会是傍大款了吧？"宝姑娘笑哈哈地说："算是吧，我运气好嘛。"我狐疑地问她："真的吗？对方是一个老头子吗？"宝姑娘神秘一笑："马上就要见到了。这里环境还不错，是他选的。"

我踌躇不安地跟着宝姑娘进了门，坐在客厅的沙发上，左右环顾。这时，从厨房走出来一个男人，看上去虽然比我们大，但也不老，顶多三十多岁吧。他主动笑着和我打招呼，还说了一些客套话，然后坐下来泡茶，一副气定神闲的样子。

宝姑娘介绍说："这是阿水，你一直想见的人——大款老头。"

我斜眼瞪着宝姑娘，还没等我开口说话，阿水一脸疑问号，笑着问："什么大款老头？"

我干笑起来，又不知道怎么接话。宝姑娘只顾自己在一旁笑，也不帮我说话。还好，阿水很快化解了我的尴尬，继续说："她总算把我介绍给她朋友认识了，我有信心了，她算是接纳我了。"

阿水说话的时候，我悄悄打量了他——个子不高，剃了一个寸头，肤色白皙，戴了一副眼镜，看起来很斯文。只不过，他好像穿着一件女士的白色T恤。

那天中午，阿水下厨做饭，宝姑娘想进厨房帮忙，他都不让。没多长时间，饭桌上摆满了菜。那一桌菜搭配也非常得当，鱼肉蔬菜汤水饮料，样样齐全。菜品不俗，卖相也很好。席间，他不停地招呼我们多吃，还帮我们夹菜。宝姑娘冲他笑笑，又冲我笑笑。看得出，她很幸福。

坐在面朝大海的房子里，一屋两人三餐四季，一切刚刚好。此刻，我是那个多余的人。我不禁暗自伤怀，早知道不来了。

4

午后，我忍不住问宝姑娘："他怎么穿女孩子的衣服？"宝姑娘听后，笑哈哈地说："他上班才穿正装，平时在家都捡我的衣服穿。我那些要扔掉的袜子、T恤，他都收起来慢慢穿，还说扔掉很可惜，却又立马给我添置了新衣服和新袜子。"

过了一会儿，宝姑娘狡黠地说："阿水手工做得非常好，我的那些破衣服，到他手里能做出好多花样，简称布艺。我从没见过一个男人的手那么巧。"

我听完后若有所思，又问宝姑娘："你们家洗手间里，那些瓶瓶罐罐，都是从外国带回来的？"宝姑娘点了点头，说："都是他在国外出差时买的，蛮适合我的皮肤。瓶子上全是英语我看不懂，他就在上面都标了中文。"

阿水对宝姑娘简直体贴入微。据说，宝姑娘在家根本不用做任何家务，都是阿水做。阿水将房子选在海边半山腰，也是因为宝姑娘。

每天推开窗都可以看海，环境清幽，适合宝姑娘养身子。宝姑娘身体确实不好，大病没有，小病不断，也挺折磨人的。

他们的房子离宝姑娘上班单位远，每天早晨，阿水起来做好早餐，读一个小时书，等宝姑娘起床，一起吃早餐，然后开车送宝姑娘去上班，再回来做自己的事情。不过，宝姑娘每次都不让阿水送她到单位楼下，宝姑娘常在离单位百米开外的地方下车，因此他们交往那么久，单位的人都不知道。

宝姑娘不知道从哪儿修来的福气，遇见那么好的男人。我在心里这么说。

我笑着问："阿水人不错，你怎么不带出来让大家见见？"

宝姑娘淡淡地说："幸福是自己的，与其他人毫无关系，没必要告诉全世界，我找了一个好男人啊。一辈子没走完，又怎么说得清楚，不想给看热闹的人留有什么话题。你知道的，我脾气不好，不上进也没什么志向，常做错事，也不懂得照顾人。我不知道他看中我什么。我总觉得他在我身边呆腻味了，会离开我。我遇见他，真的像中了彩票。所以不敢说，也不愿说。"

5

我周末没事，常去宝姑娘家玩，渐渐和阿水熟悉起来，有时候和他聊起宝姑娘的忧虑和困惑，阿水便说：

"爱，就是没有理由的心疼和不设前提的宽容。两个人在一起，有什么好计较。如要计较，就不会选择一个伴侣，不如自己一个人过。选择了她，走很远的路也不会疲倦。"

听完阿水的话，我低下头，既羡慕宝姑娘，又自惭形秽。我是一个一旦喜欢，就一直狂热地爱，直至有一日爱没有了，连看一眼都嫌多的人；而阿水的爱是和对方一起走，走很远的路还没有疲倦。

我低沉地说道："以前年少，明明很认真地喜欢，却不敢面对面地说出来。现在面对面可以说出无数爱，却不能很认真。你对宝姑娘的爱，如此体谅和宽容，真难得。"

阿水似乎听出弦外之音，算是安慰我，亦算是对自己说："如果遇见了，要好好珍惜。"

6

没多久我辞职了，离开那家单位，也很少和宝姑娘联系。没想到，宝姑娘和阿水的这段恋爱谈了这么久，最后还步入了婚姻殿堂。

我去参加了他们的婚礼，婚礼现场就设在他们住的那栋洋房的院子里，简洁而又温馨。前来参加婚礼的人也不多，就双方的至亲和好友，加起来不到三十人，才摆了三桌。院子里没有玫瑰，而是摆满了雏菊——那是宝姑娘喜欢的。

婚礼当天，宝姑娘穿着一件白色连衣裙，也没穿婚纱，头发都没盘，只是扎一条马尾，看起来很精神。阿水穿着一套西装，还是留着寸头，眼镜换了一副黑框的，看起来比以前更有男人味了。

婚礼上，阿水对宝姑娘说："你总算肯嫁给我了。我还想，如果你还不愿意嫁给我，我们谈一辈子恋爱也没关系。我愿意陪你，也等得起。你看，今天阳光充足，雏菊绽放，时光不过是随时会脱去的外套。我爱你，胜过一切往日的诗。"

宝姑娘娇羞地呢喃："你看你，大家都在看着我们。都是'老夫老妻'了，说这些干什么。和你在一起，我很放心。"

我坐在席间，眼窝湿润，这么多年过去了，他们还在一起，感情比以前更深更浓，也更成熟。

原来爱是一屋两人三餐四季，一切刚刚好；是和那个人一起走多远也不疲倦；是无论在一起多长时间，爱你还是胜过一切往日的诗；是和你在一起，我很放心。

我亲眼见证了宝姑娘和阿水的爱情，让我有一种一辈子也找不到对的人的挫败感。

那一瞬间，我决定不爱你了

那一座玫瑰花园，我自己去实现了

我们在一起好几年。

认识他之初，知道他喜欢玩游戏，尤其是网游，有点沉迷。我很喜欢他，天真地以为，我们交往之后，他会因为我而改变。作为女生，总认为自己是速成感化院，男人和自己在一起，会因为自己而马上变得优秀。

后来才明白，不要妄想改变谁，因为谁也改变不了谁，只有他愿不愿意为你改变。一个不愿意为你改变的人，你做什么都徒劳。

我和他在一起，周末，我想出去散散步，逛逛街，约他一起去，他说不如在家看电影。那也好，两人在一起，做什么都开心。事实上，在家里，只有我一个人看电影，而他在玩游戏，有时候我和他说话，他不耐烦，让我闭嘴，因为会影响他和别人一边刷副本一边语音。甚至晚上睡觉，他都要挂着游戏，睡到半夜听到电脑上游戏的声音能从床上弹起来。

他的脑子里时时刻刻都是游戏，不喜欢社交，也没有上进心。和他在一起，日子过得很累。

其实，他也曾下决心戒掉网瘾，将游戏账号送给了别人，也开始考职称，对工作上心。他在努力，在进步，积极向上。

情人节，街上的情侣们捧着花，他捏着干瘪的钱包，显得很无力。那时他刚给家里汇完钱，从银行出来——他家条件不好，父母在老家的大部分开支都是靠他的汇款。他翻遍了口袋，只剩下一百块人民币，是他一周的生活费。

路过一个豆腐摊，他知道我爱吃臭豆腐，于是买了一份。回家之后，他开始在网上找手工折玫瑰花的方法，打算亲自折一款独一无二的玫瑰花。

我喜欢收集各种样式的纸样，家里储存了许多彩页和皱纹纸。他找出来，挑选出一部分比较好的皱纹纸，对照着网上的步骤，折出九朵玫瑰花，等着我回家。我因为加班，所以回家很晚，臭豆腐也被他一热又热。

我回到家里，看到桌上的空瓶子里插着九朵“玫瑰”，他满脸笑意地看着我，说：“虽然现在只有九朵纸玫瑰，但以后我一定会送你一座玫瑰花园。”

他其实是一个非常细心的人，他想要变得更好。我很满足，如果一直这样下去，安安稳稳，过着我们的小日子，也挺好。

只不过，到底还是心智不够成熟，他最终没有坚持下去，控制不了对游戏的热爱，又回归了浑浑噩噩玩游戏的日子。

我在这样无望的日子里，陪着他度过了两年。我告诉自己，给他时间，我会陪着他成长，直到他真正成熟起来，懂得承担一个男人该承担的责任；我告诉自己，要求不要那么多，也不要盲目与他人攀比，过好自己的日子比什么都强，只要和他在一起，这样过下去也没什么不好。

直到我生病，发着高烧，又吐又泻，他没送我去医院，因为他在游戏里，走不开。是的，游戏是他的命，比我的命还重要。他勉强送我到街边打了车，让我一个人先去医院，又匆匆赶回家加入“战队”。

我一个人坐在医院的走廊上，一边挂着盐水一边哭，医生问我有没有朋友或者家人来医院照看？我使劲摇头，眼泪无声无息往下掉。

直到我挂完盐水，他也没有来接我。我虚弱地回家，钱包里还剩最后二十块钱，我买了菜，发现没带钥匙，敲不开门，也打不通电话。原来他在屋里刷副本，戴着耳塞和别人语音，完全不记得我去医院的事情了。

那一瞬间，我心想，算了吧，我不能再陪着他一直走下去了。

我给过他无数次机会，也陪着他成长了好几年，他没有一点改变。我想，别人不爱我，我终归是要爱自己的。

当他抱着我的腿不让我走时，我狠狠地踢开，勇敢地走出了那扇门。我等不到那一座玫瑰花园了，我要自己去实现。

除了爱情，工作能给你想要的一切

我们是异地恋。

他是我公司的客户，我出差去他公司谈业务时和他相熟的。彼此的工作都不错，对目前状态也非常满意，暂时就这么分隔两地地相恋着。

平日聊天，他很热情，总有说不完的话。节假日，我会去他的城市，或者他来我的城市。相处融洽，三观一致。我想，或许我会和他结婚吧。

我们就这么不紧不慢地交往了两年。其实，这两年里，我也一直在努力，随时准备去他的城市，和他一起生活，我甚至为此特意去学习了许多新技能，让自己不至于成为他的累赘。

只是这些他并不知道，他只以为我加班。他常对我嘘寒问暖，会在重要节日送礼物，表示他惦记我、牵挂我；我身体偶尔不舒服，他也会请假来看我。异地恋做到这样，也算不错。我一直认为他应该是爱我的。

我对他的爱意越来越浓，想天天能见到他，和他一起吃饭，一起散步，一起感受生活的温度，这种感觉越来越强烈。只是他从未提过，让我去他的城市。我终于忍不住问他："我一直为我们的以后努力，你呢？"

我以为他的回答会很干脆："当然也在努力啊！"结果他不言语。我以为他可能还没有准备好。

春节，为了去看他，我在拥挤的车厢里站了二十六个小时，到他家正好赶上三十晚上的年夜饭。吃饭时，我意外地发现他给一个女生发微信，有一条是：我新年最大的愿望就是希望你快乐。

我平静地问他，那个女生是谁？他也平静地说，是前女友。他还告诉我，前女友过得并不好，他想帮帮她。我问他："你怎么打算的？"他又不言语。

累了很久的心突然释怀，第一次决定放弃。

过完年，我辞职了，离开公司。是时候将那些我为了他而学到的新技能利用起来，去创造一片新天地了。工作可以依赖，它从不欺瞒，从不背叛，除了爱情，它能给你想要的一切。

减肥，画画，煮咖啡，这些都只与我自己有关

盛夏，第一次去广东见他，是为了与他谈以后的事，想要挑明两个人的关系，想正式拜访彼此家人，不想再继续暧昧下去。他说自己忙，没来接机，我拖着行李箱在人生地不熟的广州，一个人找车去中山的一个小城。

到达之后，他没来接车，我又拖着行李箱在完全分不清楚东南西北的城里找他所说的酒店。中山的夏天真的很热，我拖着行李箱，一股怒气涌上心头。

当时代步的有摩托车，但我不敢坐，打车居然打不到。这大概是我永远都记得的画面——四十度的高温，在大街上拖着行李箱，像一只无头苍蝇乱窜。终于到酒店了，问过前台才知道他根本没有预订房间。

住下来是中午十二点的事，直到下午四点他才出现，看到我之后寒暄了几句就离开了。等到晚上七点才再次出现，带着我出去吃了一碗云吞面，送我回酒店，他什么都没说，连安慰都没有，便走了。

晚上，我一个人在酒店，我很想他，像以往那样发信息给他，甚至希望他能再出现。结果，他回了一条信息：我和CC又在一起了，对不起。

CC是他的前任。

他在十二月跟CC结婚。结婚那天，他发信息和我说：你很好，只是我不懂欣赏。

我回信息问他：我出发前你还说喜欢我，见面之后，突然就欣赏无能了？

之后我再也没有收到他的信息。

后来，我知道了答案。其实答案很标准，因为我太胖了。虽然他之前就知道我胖，但当我真实地站在他面前的时候，他没办法接受，大概视觉冲击力更大。

我胖，我不怪他。

我努力减肥，我将融进我血液里的饮食习惯全部抛弃，每天坚持运动。我终于瘦了下来。当人人都说我漂亮的时候，我相信自己真的漂亮，是天使。

我自学画画，学煮咖啡、拉花，开了一家咖啡馆，每天日子过得很充实。无关任何人，这些都只与我自己有关。

每个人都有一场耗尽精力的爱恋，然后，重生

人们常说，女生因为爱上一个人而长大，男生因为失去一个人而成熟。所有受过的伤，最后都会愈合。因为我们曾经用力爱过，每个人都有一场耗尽全部精力的爱恋，然后，重生。

愿天下所有姑娘，做一个内心纯良的人，可以长袖善舞，可以八面玲珑，但是必须有一颗善良纯正的心，对待生活，要有希望，有目标，有原则，不抱怨，不矫情，不自欺欺人。试着修炼坚强勇敢的品性，要自爱，让自己的心里有着一个温暖的大世界，让进来的人不舍得离开。

他那么好，为什么不是我的

大年初六的晚上，张晓晓哭着和我说：“太憋屈了，与不理解自己的人在一起，只会消耗精力，我不想与他们多待一分钟……”

这个“他们”指的是她的父母和亲人。

“你可以离开呀。”我劝慰道。

“我不知道要去哪里。我什么都没有。”

“你有一家大门店啊。”我羡慕地说道。

“不是我的。”

“至少你还有宋少羽啊。”

张晓晓不说话，她安静了下来，似有所思。

张晓晓与宋少羽是在三年前一个朋友的生日Party上相识的，那天是愚人节。生日Party共分为两个部分：下午唱歌，晚上饭局。

下午唱歌时，宋少羽是最后一个到的。正当大家唱得喉咙冒火、声音沙哑之际，他推门而入，对着包厢内的人笑了笑，走到包厢角落，在一个空着的沙发上坐了下来。有几个男生起哄说："羽哥，来迟了，要罚酒。"

他没有接话，寿星说："你们饶过羽哥吧，让他唱首歌，算是认罚了。"

寿星都这么说了，其他人也没有再为难宋少羽。宋少羽也不推辞，他点了一首张国荣的《当爱已成往事》。他一开口，原本喧闹的包厢顿时安静下来。他的声音真的很有魔性，非常抓心，张晓晓就在那时，倾倒在宋少羽的好声音下。

我问张晓晓："是不是见他的第一眼就钟情了？"

张晓晓频频点头："他推门的那一刹那，我就喜欢上他了。"

张晓晓是一个非常直率的人，做什么都风风火火，谈恋爱也是如此，轰轰烈烈，巴不得告诉全世界，她有喜欢的人了。

晚上的饭局，她故意挨着宋少羽坐，却又与宋少羽最好的朋友李杨打得火热。张晓晓扬言要与宋少羽比酒量，宋少羽不说话，张晓晓贼心不死，逼着宋少羽喝酒。其他男生见张晓晓喝酒豪爽，不停地向她敬酒，几杯"深水炸弹"下肚，张晓晓开始分不清东南西北。

李杨见此情势，站起来豪爽地说要替张晓晓喝酒，大家又是一阵起哄，李杨也替张晓晓喝了不少。张晓晓与李杨都喝醉了，但也有区别，李杨是微醉，张晓晓是大醉特醉。饭局散场，李杨想送张晓晓回家，张晓晓死活拉着宋少羽的衣服不放，非要宋少羽送她。寿星见此事有意思，便拜托宋少羽，他只好答应。

宋少羽搀扶着烂醉如泥的张晓晓走得跌跌撞撞，引来无数路人侧目。张晓晓还边走边唱歌："无所谓，谁会爱上谁……"不但走音，嗓门也大，宋少羽直皱眉头。走了一段路之后，张晓晓瘫坐在地上不动了，无论宋少羽如何拉扯，她都没有一丝丝反应。宋少羽无奈，只好将张晓晓背起来继续走，他只想快点甩掉这个“麻烦”。

张晓晓伏在宋少羽背上，嘴里含混不清地说着一些话，宋少羽听不清楚，也懒得去听。

人很奇怪，醉了之后不记得自己做过什么，却永远记得家的方向。宋少羽将张晓晓送回去，扶她躺在床上，盖好被子，就立马想离开。张晓晓一把抓住了宋少羽的衣袖，不让他走，嘴里还念念有词：“你今晚就和我睡，不许走。”

宋少羽僵持了许久，拗不过张晓晓，实在困倦了，倒头睡在床边上，一动都不敢动。张晓晓倒也乖巧，醉了之后睡得非常死，身都没有翻过。两个人相安无事睡到天亮。

张晓晓醒来得早，看到床上多了一个宋少羽，也没有觉得惊讶。宋少羽见张晓晓醒了，也赶紧起来，互相说了一声早。宋少羽便说，你好好休息，我回去了。张晓晓“哦”了一声，宋少羽已经走出门了。

这时，张晓晓收到李杨发来的短信：“你没事吧？”

张晓晓回复过去：“没事是假的。难受得要死。”

然后，他们互相加了QQ号，李杨陪着她聊天，她有意无意地问宋少羽的事情。李杨与宋少羽住在一起，宋少羽的大部分事情，李杨一清二楚。她从李杨那里打听到宋少羽的QQ号，她加了，但很久都没有通过。

张晓晓问李杨，她加宋少羽为好友，他为什么没反应？李杨回复她，宋少羽在打游戏，而且，宋少羽是一个不近女色之人。张晓晓有点泄气，世上真有坐怀不乱的男生？她张晓晓是不相信的。

她又向李杨要了宋少羽的手机号码，给他发短信："我是张晓晓，昨晚你送我回来，将我家钥匙放哪儿了？我找不到了。"其实钥匙正握在张晓晓手里。

信息发送出去之后，等了很久，宋少羽才回复信息："在你的电脑桌上，仔细找找。"张晓晓假模假样地回复："找到了。"又趁机问他，"加你QQ了，为什么不通过请求？"这条信息发出去没多久，张晓晓就看到电脑右下角的QQ头像跳动，是宋少羽通过了请求。

她开心地发过去一个笑脸，宋少羽回复："如果没什么事情，我下线了。"

不一会儿，宋少羽的头像真的暗下来了，张晓晓有点惆怅。

之后，张晓晓隔三岔五地给宋少羽发消息，宋少羽很少回复，偶尔回复，也只有冷冰冰的几个字。而李杨就热情多了，时常陪着张晓晓聊天，讲笑话。时间倒也过得很快，一眨眼，一个月过去了。

五一劳动节，张晓晓出了一趟远门去旅行，回来的时候，给李杨、宋少羽带了很多特产。她与李杨约好，去给他送特产，其实是想见宋少羽，结果宋少羽却加班，她在李杨的住处等了很久，也没有等到宋少羽回来。张晓晓见夜色已晚，只得落寞地回家了。

过了几天，一个晚上，张晓晓竟收到宋少羽主动发来的一条信息："听说你去旅游了？谢谢你的特产。"

张晓晓激动得不知道说什么好，赶紧回复过去："不客气。"

宋少羽又发来一条信息："你发到网上的照片，站在山峰之巅的那张真好，有点倔强，有点骄傲，我很喜欢。"

宋少羽的态度发生180度大转变，张晓晓一时摸不清楚何意——之前对她那么冷淡，爱理不理；现在因为一张照片，又毫不含糊地直言喜欢。这种路子没遇见过。

晚上宋少羽很少见地与张晓晓说了许多话，都是关于生命、佛家、庄子等深奥的话题，这令张晓晓十分吃力，不得不一边百度找资料，一边接宋少羽的话，生怕闹了笑话。

很快，宋少羽约张晓晓吃饭。张晓晓回忆她和宋少羽第一次单独吃饭的情景——宋少羽话不多，却很细心体贴，不停地给她夹菜，递纸巾，倒茶水；张晓晓感受到爱意袭来，也变得与平时不同，温柔了许多，不再像之前那样风风火火。

宋少羽去结账再返回饭桌，他问张晓晓："我刚才站在收银台，看着你的背影，你左手托着脸颊望着窗外沉思，我望着出了神。我在想，你会想什么呢？"

宋少羽这么一问，张晓晓深情地看着宋少羽，反问："你望着我的时候，你在想什么？"

宋少羽低头若有所思，然后说："我想和你在一起。"

宋少羽和张晓晓就这么自然而然地在一起了。所有认识宋少羽的人都很吃惊，尤其是李杨，他没想到，宋少羽的想法会转变得这么快，他更没想到他们的速度如此惊人。

李杨问宋少羽为什么会喜欢张晓晓，为什么会和她在一起时，宋少羽说："喜欢就在一起，为什么不能是她？"

宋少羽和张晓晓很快就同居了。宋少羽对张晓晓真的好得没话说。宋少羽几乎每天加班，回来还做饭给张晓晓吃；家里所有家务事，洗碗、拖地、洗衣服，都是宋少羽一手包揽。张晓晓在家什么都不用干，偶尔还发发小脾气，让宋少羽哄，每天被宋少羽照顾得无微不至。所有人都羡慕张晓晓挖到一块宝，甚至让人嫉妒。

除却这些，宋少羽还经常陪着张晓晓晨跑，锻炼身体，晚上一起阅读分享知识，周末会去公园走走，散散心。这样的日子，大概是许多人想要的，一生一世一双人，和喜欢的人在一起，做爱做的事，既温馨又幸福。

他们在一起一年后，宋少羽就向张晓晓求婚，他想娶她，想让她成为宋太太，想和她一辈子在一起不分开。

大家都很纳闷，在这份爱情里，张晓晓似乎什么都没付出，她凭什么得到好男人宋少羽的爱？

或许，换作其他人，想都不用想就会答应宋少羽的求婚，但出乎意料地，张晓晓却拒绝了，她还不想结婚，她还没准备好，不希望很快地进入婚姻生活。

宋少羽做的，就是依着她。他想，只要两个人在一起，结不结婚也没那么重要。他们的感情没有因此而受到任何影响，宋少羽一如既往地对张晓晓好。这让巴不得他们快点分手的人感到深深的绝望。

第二年，张晓晓辞职想去学西点，宋少羽非常支持，不上班就不上班吧，反正他养得起她。从此，张晓晓过起了自由人的生活，除了去西点班上课，平时没事学学插花，或者研究如何将食物拍得好看，日子倒也没闲着，既诗意也充实。

只不过，不上班的日子，张晓晓想结婚，她向宋少羽提出，要不结婚吧。但宋少羽似乎有了别的想法。这一年，宋少羽对佛学越来越感兴趣，甚至有出家的念头。所以他这个时候想的不是结婚，而是如何安顿好家人和张晓晓。

张晓晓知道他的真实想法之后，也不再提结婚的事，而是说：

“往后你去哪里我就去哪里，结不结婚有什么关系？”

他们的感情平稳地迈入了第三个年头。张晓晓的家人都在上海做生意，见张晓晓没工作，店里事情也多，就让张晓晓过去帮忙。张晓晓过了一年自由人的生活，也认为应该出去做点事情，假如宋少羽哪天真出家了，她怎么办？

她向宋少羽提出要去上海，宋少羽说：“你想做什么就去做吧，只要你开心就好。”

张晓晓整理行囊去了上海，在上海一待就是一年多。可她与家里人的价值观不同，时常因为如何经营店铺的问题发生激烈争吵。当争吵延伸到其他话题，如婚恋和挣钱，更是大肆伐异，互相攻击。

家里人认为宋少羽不与她结婚，就是因为张晓晓性格不好；辞职去学西点简直就是吊儿郎当的行为，是逃避上班的借口。这些话一刀刀戳在张晓晓的心口上。

尤其是在大年初六的晚上，张晓晓因没有看着店铺，跑去做西点，被家里人一顿责备，互相坚持己见，升级成骂战，张晓晓的旧伤又一次被戳痛，气得直哭，她甚至真的相信自己一无是处，做什么都做不好。

她半夜打电话给宋少羽，在电话那头哭得很伤心，她对宋少羽说：“你说我该怎么办？”

宋少羽说：“没有人喜欢上班，都是为了生活。生命这么短，要么做自己喜欢的事，要么做能挣钱的事。你喜欢做什么就去做，挣钱有我。不想在上海，就回来吧。”

张晓晓问：“你还爱我吗？”

宋少羽答：“爱。”

张晓晓有点生气地说：“爱我，却不愿意和我结婚，为什么？”

宋少羽说：“如果结婚能带给你安全感，我愿意和你结婚。但你的不安，不是因为我们没有结婚，而是因为你没有变强大。”

张晓晓说：“我很害怕，假如有一天你不在了，我不知道怎么办。”

宋少羽说：“去做你自己，做你喜欢的糕点，让喜欢的事情变得有价值。我希望有一天，你可以强大到不需要我，你会越来越开心，也会越来越有安全感。”

张晓晓泪如雨下，她终于懂得，真正爱你的人，会陪着你成长，直到你成为更好的自己。他不会看你有什么，也不会嫌弃你什么都没有。他爱你，胜过一切。

作为他们的朋友，资深“单身狗”，我已经被他们的爱情虐成内伤。

我就在想，世上的好男人怎么都在别人家？

敬往事一杯酒，再爱也不要回头

一

我在健身房锻炼，听着电台，无意间听到张爱玲的《红玫瑰与白玫瑰》：

一个男人的一辈子都有这样两个女人——至少两个。娶了红玫瑰，久了，红的变成了墙上的一抹蚊子血，而白的还是“床前明月光”；娶了白玫瑰，白的便成了衣服上沾的一粒饭黏子，红的却是心口上的一颗朱砂痣。

以前上学，喜欢读张爱玲，因为一段情，此后再没读过。今天听到这段话，我以为自己会慌张无措，原来没有。只是心口略微一紧，曾以为自己是那朵“致命白玫瑰”。

很多年前，我和阿禾在一起，是令人羡慕的一对。在学校，我们的座位是前后位，阿禾暗恋了我两年，用他的话说，暗恋是什么滋味：吃着不该吃的醋，怕她知道，又怕她不知道，怕她知道装不知道。或许是吃够了暗恋的苦，有一天，他鼓足了勇气，向我递来一封情书，学着袁湘琴告白：

你好，我是你后排的阿禾。

我想你并没注意过我，但是我对你却很了解。

从第一次在新生训练上看到你，那一天，我的目光就不知道该怎么离开你。不管是致辞的你，还是和旁人聊天的你，或者落寞不说话的你，我总可以很快地在人群中知道你的位置，找到你的位置。仿佛你在哪里，光就在哪里。

很不好意思说得这么直接，可是我总会想，如果这次不说，下次又不知道什么时候才会提起勇气。

如果今天不说，不知道会错过什么，还有多少改变。

我已经好几次放弃向你表达的机会了，这一次啊，我鼓励我自己，说什么我也不会放过你。

我对你的爱慕已持续了两年，为了不让这份感觉成为永远的遗憾，所以我决定勇敢地写下这封信，向你表达我的心意。

素素，我喜欢你。

收到阿禾的告白信，我觉得他很勇敢，高考之后，我们在一起了。当时，我不是一个没人追的姑娘，和阿禾在一起后，我拒绝了很多人，那些肉麻的情书都比不上阿禾质朴的告白信。

暑假过后，我和阿禾去了不同的城市上大学，相距千里，也阻隔不了我们的爱情。他每天写一封信给我，信笺上写满对我的思念。我在同学眼中，也成了一个传奇。班上同学常调侃我——一天一封信，能绕地球转一圈了吧。

除了写信，他还常给我惊喜，会从千里之外的城市赶到我的学校给我过生日；我也会独自一人出远门到一个完全陌生的城市去看他。寒暑假，我们一定是在最后一门考试结束时，立马打包出发回家见对方，天天腻在一起。

我曾以为，这辈子，我会和他在一起不分开。我们之间的感情甜得连老天都要嫉妒——每次见面，都会下雨，已经成为定律。

阿禾从小与姥姥一起长大，对爸妈没什么感情，姥姥去世后，他搬回家，与爸妈住在一起，关系生疏，他从不叫爸爸、妈妈，少有的家庭聚会也没有交流，家里毫无生气。自阿禾与我在一起后，我常劝说阿禾，多体谅父母，如果没有父母的努力和拼搏，怎么会有今天的舒适日子？天下父母哪有不爱孩子的？

阿禾还算明事理，听了我的开导，渐渐地，和父母的关系得到改善，家庭聚会时也常和父母讲一些学校的事。他父母自然欣喜若狂。阿禾带我去见他父母，他们简直把我当亲生女儿对待，还常打电话给我，嘘寒问暖。

我认为自己是最幸福的人，有那么多人爱我。遇见阿禾，此生无憾。

毕业后，我留校任教，阿禾考了公务员，双方也都见过彼此家长，同学朋友都认为我们是一对天造地设的璧人。我们在一起的几年，顺风顺水。

在订婚前一天，我接到一个姑娘的电话，听声音非常熟悉，一时又想不起来。在电话里她没有表明身份，只说，在我们学校操场等我。那天天气阴冷，我裹紧风衣，去操场时，内心有点忐忑，我也不知道为什么要见她。走到操场，远远看到了一个娇小玲珑的女生站在篮球架下。

我朝她走去，走近看，是我们的高中同学邹枚。她还有一个特殊的身份，是我的好友，阿禾的青梅竹马。他们两个从小玩到大，感情也一直要好。阿禾追我的时候，邹枚在追阿禾，据说邹枚从小就喜欢阿禾，追了他十多年，从未放弃。她知道阿禾和我在一起之后，便刻意与我保持距离。

我们已经几年没有来往，在我订婚前一天见到她，直觉告诉我，她一定不是来祝福我的。有时候，我不得不佩服女生的第六感，在将发生不好的事情时，总是那么准确。

我唤了一声“邹枚”，她转过身，眼睛红红的，刚哭过似的。我问她发生什么事情，她一直摇头，突然，就一把抱住我，伏在我肩膀上大哭。

我不知所措，不知道该拥抱她，还是该说点什么安慰她，可是我连她发生了什么都不知道。

哭声终于停止，我扶着邹枚坐在篮球架子的底座上。她抽泣着，终于说了一句话：“请你把阿禾让给我。”

这是我这一生中听过最荒唐的一句话，这辈子都无法忘记。

我脸色变得难看，脑袋里嗡嗡作响，她却在一边诉说着过去一年发生的事情。

她的未婚夫在去参加同学婚礼的路上出车祸走了。她被娘家人接回家，整日以泪洗面，按捺不住寂寞，去找了阿禾。那晚，他们喝了很多酒，她向阿禾表白，被阿禾拒绝。虽早就知道结果，可她还是想试一试。有争取，也有不甘心。

邹枚和我说：“阿禾与你在一起之后，我才和未婚夫在一起的，没想到出了这样的事。我的命为什么这么苦？我比你先认识阿禾，我们从小就在一起，他以前那么照顾我，对我那样体贴。自从你出现，阿禾不再找我，他所有的心思都在你身上。我心有不甘，你夺走了我的阿禾。我比你温柔，比你了解他，比你更知道他喜欢什么，为什么他选择的不是我？如果爱情有先来后到，那该多好。

“现在，我遇到这样的事，他愿意来陪我喝酒。我知道，他是看在我们从小一起长大的情分上。可我要抓住这个机会，我将他灌醉，和他发生了不该发生的事。从那以后，我们就在一起了。”

听到这里，我眼前一黑，天旋地转。我强忍着怒火，努力控制情绪，让自己镇定。我怎么那么自信，那么相信阿禾会一直在我身边，只爱我一人？他和另外一个女人在一起一年多，我从未察觉，我是傻还是太不关心他？如今他要和我订婚，又算什么？

邹枚还在说：“你那么优秀，那么善良，还比我漂亮，比我有才气，什么都比我好，你还会找到更好的人，你就把阿禾让给我吧……”

我没再听下去，踉踉跄跄跑开了，从那一刻开始，我的人生像失去了颜色。我没有回学校，也没有回家，失魂落魄走在大街上，一时欲哭无泪。下了一场雨，我在雨中狂奔，终于晕倒。醒来的时候，正躺在医院的病床上打点滴，阿禾坐在我旁边，焦急地看着我。

他握着我的手，我立马抽出来，看他像看一个陌生人。双方父母都在，以为我身体不舒服才如此。我在病房里，当着双方父母的面，一字一句地说：“我要退婚！”

阿禾错愕地看着我，父母也以为我疯了。我说要单独和阿禾谈谈，父母都退出了病房。我眼泪这才像黄豆一样滚落下来，阿禾替我擦拭眼泪，我不再抗拒，只是无声无息地抽泣。

“阿禾，你爱我吗？”

“爱。”

“你撒谎！”

“我没有。如果我撒谎，天打雷劈。”

“那你爱她吗？”

阿禾望着我，一脸惊恐。我嘴角动了动，不知道是不屑还是想笑，用力吼了一句：“回答我！”

“我……我也爱她。”

“你曾经说过我不温柔，不会小鸟依人。她是不是特别温柔，特别小鸟依人？”

我没有听到回答，只听到一声叹息，似乎还有点无助。我不想纠缠下去了，便说了一句：“你走吧。”

大病初愈，回到家，我将所有关于他的东西全部剪碎，我的爱情结束在这些碎片里，满屋哀怨。

我辞去了教师的工作，去了很远的城市，一切从头开始。我以为到了新的环境，能缓解我对阿禾的思念，然而并没有，午夜降临，思念会吞噬一切。

两年后，阿禾与邹枚结了婚。婚礼上，新娘很美，眉眼温柔。听说，他爸妈很高兴，让他拉着新娘的手敬酒。他从前一杯倒，如今怎么也喝不醉了。兄弟们凑到一起，开他和新娘的玩笑，新娘娇羞地笑，他却忽然神情恍惚，不知是否不合时宜地想起，以前他拉着另一只手，还说要天荒地老。

阿禾大婚当天，他神情恍惚一下子，我却哭了一整天。那天，我独坐镜前，剪掉了长发，望着镜中的自己，差点没认出来。因为丑，又多哭了一会儿。

六年后，我们在郑风苑邂逅。他牵着孩子，他父母走在后面，我们对望无言，擦肩而过。他父母认出我，喊了一声“素素”，突然，我的眼泪像决了堤的洪水，止不住地往外涌。我双手捂着脸，跑开了，顿时溃不成军。

阿禾已经成家立业，而我究竟还在等待什么，期待什么？我不想再一个人苦苦撑下去了，终于赶到厌倦，我想换种活法，放过自己，也放过身边所有关心我的人。

一年后，我同意父母的安排，嫁给了一个忠厚老实、勤奋肯干的男人。在外人眼里，他配不上我。可是，我知道，他一定会对我好。

如果有一天，我们不再寻找爱情，只是去爱；不再渴望拥有，只是去做；不在追求空泛的成长，只是开始修养自己的性情——我们的人生才真正开始。

这是我多年以后参加同学聚会悟出来的人生道理。

十五年后的同学聚会上，大多数男同学挺着啤酒肚，身材走样，女同学用浓妆艳抹来掩盖不再青春的面孔。

在那场同学聚会上，坐在我身边的女同学告诉我，阿禾和邹枚离婚了，我也只是笑笑。看着坐在不远处的阿禾，曾经身高181厘米、体重60公斤的挺拔少年，如今变成圆滚滚的中年大叔，恍如隔世。

女同学又说：“素素，你运气好，嫁了一个好老公，什么都不用操心，现在的女同学里，还是你最显年轻，又优雅。”

这时，旁边的一个男同学也凑过来说：“你可是我们心中永远的美女。如果当年你嫁给阿禾，说不定……”

男同学没有再说下去，阿禾转过身来看向我们这边，我迎着他的目光，笑得淡定从容。

聚会上，高中的班主任也在，他很老了，满头白发，脸上有岁月打磨的痕迹。班主任自费出版了一本书，分上下册，因出版数量不多，便送给女同学上册，送给男同学下册。

宴席接近尾声，阿禾走到我身边，向我敬酒，我们那桌人都屏住呼吸——事实上，整个大厅的人都不再说话，等待下一秒会发生什么。毕竟，我和阿禾的爱情，也曾轰动一时。

我大方地站起来，阿禾将手中的下册递给我，说："送给你，凑成今晚同学当中唯一成套的书。"我没有推辞，接过书放在一边。阿禾举起酒杯，又说："这辈子最后悔的一件事情，是放开了你的手，没有和你一起走。"

他说完，一杯酒下肚，满脸通红。我也举起酒杯，说了一句："敬往事一杯酒，再爱也不要回头。"

★ ★

愿天下所有姑娘，
让自己的心里有着一个温暖的大世界，
让进来的人不舍得离开。

后记　温一碗故事下酒，与岁月共深情

立秋后，山里下了几场雨，青山被雨水泼洗，换了衣裳。夜里停电，烛火摇曳，一盏昏黄，格外温柔，像往事一样。砚台坐在廊下吹箫，《一生所爱》，箫音和着雨声，悠扬婉转。对岸青山消失不见，唯有虫鸣此起彼伏。山里的夜，漫长而又寂静，酒坊的人常坐在一起，围桌夜话，无论以什么话题开头，最后绕不过去的还是情感话题。我在山中生活已有半年，来山中的人，对我也充满好奇，问我什么时候出山，会一直住在山里吗？还有人问我："牧鸯，你喜欢什么样的人？"

我还在想着过往的故事，如同留在"窗含西岭千秋雪"的梦里，而我始终想念的却是"门泊东吴万里船"。我还没回过神来，砚台说了一句："牧鸯的新书即将上市，是一本爱情故事集，你们想知道她的感情故事，去买她的书，从她的新书里找答案。"

我羞涩地笑着，不愧是有多年广告经验的砚台，营销手法花样

多，随便答一句，就能摆脱困局。昔日写文章，没抱希望，只觉这个世界，我与它自始至终只有一面之缘，不会再多，便将经历过的人和故事记录下来，没想笔耕不辍，这些故事能集结成书，一本书有一本书的命运。

以前，我常去旅行，行踪漂泊不定，极少在一座城市生活超过两年。生活得最久的城市要数深圳，那是一座没有秋冬的城市，我甚至也感受不到春天的气息，只有溽热，海风一吹虽凉爽，但不要在屋子里。我在这座城市读书，与爱人久别重逢，后又分离。我想去寻找属于我的天空，只想做只随季风迁徙的候鸟，看一季接一季的花开，听一声紧一声的浪涛。

我走过很多地方，等过青藏高原的朝阳，看过撒哈拉沙漠的夕阳，去红海潜水，在尼泊尔爬雪山，徒步走过高山草甸露营，在可可西里大草原上骑马奔跑……爬过高山，喝过烈酒，谈过一场十年的恋爱，喜欢过英俊的男人，被情深义重地爱护着，交往的老朋友长达十五年之久，说来，我的人生也无缺憾。

我一往无前，在无尽的岁月里，走过千里，回头看，我所历的情缘，“真是悠悠人世，相对隔座看，岁月来跟你从长计议”。一个人悄悄上路，与人相逢又别离，或许，我的“君”即是我自己，每次在路上我都与自己相逢。

突然地，回忆像一群捣蛋的孩子那样追上了我，围着我要糖果，我没有给，它们又故意嘲笑我，我只能缴械投降。我多么清楚地知道，在我们高速运转、疲惫不堪的生活中，感伤这种东西是多么无济于事，也很容易沦为他人的笑柄。终究，我明白：人必生活着，爱才有所附丽。

我也走累了，想停下来。2017年阳春三月，我温了一碗故事，带着一棵桃花，来到桃花源，住在山中，向一个叫张小砚的酿酒师学习酿酒，将我的故事酿在酒里，赠给天下有缘人。在山中生活，红尘喧扰似乎都被隔绝了去，一颗心自在无碍起来。

酿酒的日子，蒸米，拌酒曲，发酵，等酒娘，再到出酒，像等待春日宴，心情忐忑又隆重，不免想唱："绿酒一杯歌一遍……"酿酒与做人一样，彼此都不要辜负才好。

出酒时，我和砚台坐于灶前，看着第一滴酒从锅里缓慢沥出。砚台说："从春天插秧开始，历经三季时光，米粮来到这泉跟前，水火交济，在落雪的季节，方化为糯糯的酒浆，每一坛酒都有其来时之路，一杯酒里，也有四季的悠悠时光。酒的一生是如此优美。从稻子到酒，从酒再到人，这中间的关系气象万千，又那么有善意和尊重。"

不酿酒的日子，清晨，去书院、山寺散步，或上山采药，下地种菜，用地笼——一种捕鱼工具——在溪涧捕鱼、捕虾；每日傍晚游泳、读书、写字、喝茶。偶尔会友，畅聊人生课题，或用心做一两道菜。日子如流水一般，过得信马由缰，像极了清白之年。有一天，生命会消逝，记忆会消散，唯有文字不灭，哪怕只剩下一个精彩的片段，或是一个名字。所以我写下了这些故事。

2017年春天，我在桃花源种了一棵桃树，酿了一缸酒，分作两坛，一坛留给自己做喜酒，等我出嫁之日喝；一坛赠给我的读者，新书上市后送出。砚台问我：“牧鸯，会是怎样一个男人来喝你的酒？”

我希望他能携我的书来桃花源找我，与我一起坐在我种的桃树下，喝我酿的酒，真正应了砚台的那句：“树在山上开花，酒在树下沉睡。”

人在谈情说爱，与岁月共深情。

于桃花源酒坊

爱你这回事，时间都记得。

更多精彩阅读

我多么想和你见一面

主编：郭敖
作者：七堇年 等

你的人生终将闪耀

作者：李菁

我们的年轻，
柔软而硬气

作者：卷毛维安

明天我要去冰岛

作者：嘉倩

你在不怨的世界里，
成了更好的自己

作者：奶茶熙

没关系，
你来得刚刚好

作者：岸上行走的鱼

万一我们
一辈子单身

作者：少女绿妖

万能少女旅店

作者：夏不绿

有些日子，
你总要自己撑过去

作者：卷尔　孙玮

我很好，那么你呢

作者：文吉儿

慢慢来，一切
都会是期许的模样

作者：轩雨幽冉

把时光画成
你想要的样子

作者：许匡匡